Mara Andeck

Wenn das Leben dich nervt, streu Glitzer drauf

Weitere Titel der Autorin:
Wen küss ich und wenn ja, wie viele?
Wer liebt mich und wenn nicht, warum?
Wenn Liebe die Antwort ist, wie lautet die Frage?
Liebe in echt
Hundherum glücklich
Natural Born Chillers

Titel in der Regel auch als E-Book erhältlich

MARA ANDECK

Wenn das Leben dich nervt, streu Glitzer drauf

Boje

Dieser Titel ist auch als E-Book erschienen

Originalausgabe

Umschlaggestaltung: FAVORITBUERO, München
Umschlagmotiv: © plainpicture/Anja Weber-Decker; © shutterstock/packgallery
Satz: two-up, Düsseldorf
Gesetzt aus der Caslon
Druck und Einband: GGP Media GmbH, Pößneck

Printed in Germany
ISBN 978-3-414-82432-5

5 4 3

Sie finden uns im Internet unter: www.boje-verlag.de

Verrückt sein in New York? Pfff, kann ja wohl jeder.
Aber leb mal hier bei uns ein ganz normales Leben.
Das ist eine echte Herausforderung.
Glaubst du nicht?
Na, dann lies selbst!

Tess

Theresa Walter
Fichtenstraße 70
60322 Frankfurt

An das Hessische Kultusministerium
Luisenplatz 10
65185 Wiesbaden

26. Mai

Betreff: Schulunterrichtszeiten

Sehr geehrte Frau Ministerin,
sehr geehrte Damen und Herren,

bestimmt wissen Sie, dass viele Jugendliche spät ins Bett gehen und morgens nur schwer aus den Federn kommen.
Und bestimmt denken Sie, das läge daran, dass wir abends ewig vorm Computer oder Fernseher oder auf Partys rumhängen und deswegen morgens nicht ausgeschlafen sind. Das stimmt aber nicht.
Na gut, es stimmt teilweise schon. Aber wir können nichts dafür. Jugendliche haben nämlich von Natur aus einen anderen Schlafrhythmus als Kinder und Erwachsene. Sie **können** abends nicht früh einschlafen und morgens nicht **früh** aufstehen, selbst wenn sie es **wollen**. Das ist wissenschaftlich bewiesen.

Und es ist seit der Steinzeit so. Die Jugend ist nämlich die Lebensphase, in der Menschen körperlich am fittesten sind. Bei den Höhlenmenschen hatten Jugendliche deswegen den härtesten Job in der ganzen Horde: Sie waren Nachtjäger. Bei Anbruch der Dunkelheit wurden sie aktiv, gingen auf die Pirsch und erlegten Höhlenbären für den ganzen Stamm. Und morgens haben sie dann natürlich ausgeschlafen.
Tja, und obwohl das inzwischen lange her ist, hat sich das Gehirn von Jugendlichen immer noch nicht umgestellt. So was dauert eben einfach.
Das habe ich mir nicht ausgedacht, das stand in der Zeitung! Ich möchte Sie daher bitten, die Unterrichtszeiten an den Schulen ab der achten Klasse auf frühestens neun Uhr zu verlegen. Allerfrühestens. Besser wäre zehn. Jedes Wort, das man vorher an Jugendliche richtet, ist reine Zeitverschwendung und frustrierend für alle Beteiligten.

Mit freundlichen Grüßen

Theresa Walter, 14, müde

1

Vor ungefähr einem Jahr, an einem sonnigen Tag im Mai, saß ich zufrieden in meinem Zimmer und häkelte Topflappen.
Ja, echt. Ich thronte im Schneidersitz auf meinem Bett, und zwischen meinen Fingern entstand ein gelb-rosa geringelter Lappen mit Aufhängeschlaufe. Und das, obwohl vor mir auf der Bettdecke bereits drei dieser Schlabberlappen lagen – allesamt made by me, einer scheußlicher als der andere.
Zufrieden war ich in diesem Moment, weil ich gerade einen Brief geschrieben hatte, der die Welt für Tausende von Jugendlichen ein bisschen lebenswerter machen sollte. Und ich häkelte aus einem ähnlichen Grund. Ich wollte damit ein bestimmtes Teenieleben ein bisschen lebenswerter machen – meins nämlich.
Häkeln? Lebensverändernd? Das leuchtet vielleicht nicht auf den ersten Blick ein, aber ich kann es erklären: Meine Eltern und ich, wir befanden uns damals in einer ganz klassischen Erziehungs-Situation: Ich hatte eine Idee. Sie hatten was dagegen. Und um einen Ausweg zu finden, musste ich diesmal eben häkeln.
Jeder, der selbst mal Eltern hatte, kennt die Regel: Versuche nie, deine Eltern zu verstehen. Es ist nicht möglich. Sie handeln

grundsätzlich nicht nach den Gesetzen der Logik, und man kann ihre Gründe auch nicht nachvollziehen.
Trotzdem weiß jeder, der mal prägende Jugendjahre mit Eltern verbracht hat, wie leicht sie zu berechnen und zu lenken sind. Man muss nur zwei Grundregeln kennen.
Erstens: Eltern wollen niemals, dass du das tust, was du gerade tust. Und zweitens: Sie wollen immer, dass du tust, was du gerade nicht tust.
Mal an einem konkreten Beispiel: Angenommen es ist Sommer, es ist heiß, und du gehst ins Freibad. Was werden deine Eltern sagen? Richtig! »Solltest du nicht lieber …« Und dann kommen Vorschläge wie Hausaufgaben machen, Vokabeln lernen oder dein Zimmer aufräumen.
Aber mal angenommen, es ist heiß, du räumst dein Zimmer auf, machst Hausaufgaben und lernst Vokabeln. Wetten, dass dann irgendwann die Tür aufgeht, ein Elternteil den Kopf hereinstreckt und fragt: »Sag mal, solltest du bei dem schönen Sonnenschein nicht lieber ins Freibad gehen und dich mit deinen Freunden treffen? Als ich in deinem Alter war, habe ich immer …«
Ja, so sind sie. Und so kriegt man sie auch rum, wenn man etwas von ihnen will. Man darf nicht nach dem Warum fragen, man muss ihr Verhalten einfach einplanen.
Und genau das tat ich an jenem sonnigen Häkel-Nachmittag im Mai. Ich hatte nämlich ein paar Tage zuvor den Plan gefasst, die Sommerferien mit meiner besten Freundin Jojo in einem coolen Jugendzeltlager in Spanien zu verbringen.
Und wenn ich jetzt erzähle, dass meine Eltern mich dafür zu

jung hielten, wird jeder, der mal Eltern hatte, verstehen, warum ich kurzerhand zur Häkelnadel griff und wie früher im Kindergarten hässliche, geringelte Lappen herstellte. Denn dafür war ich mit fast fünfzehn definitiv zu alt.

Es konnte nicht mehr lange dauern, dann würden sie kommen und mir altersgemäße Freizeitbeschäftigungen vorschlagen, die ich natürlich ausschlagen musste, egal wie himmlisch sie klingen mochten. So lange, bis sie sich Sorgen machen würden, abends im Wohnzimmer über mich sprechen und über einen Besuch bei einem Psychologen nachdenken würden.

Irgendwann würden sie dann weich werden und nach jedem Strohhalm greifen, der sich ihnen bot. Und das war der Moment, in dem ich die Sommerferien wieder ins Gespräch bringen musste.

Natürlich würde ich Spanien nicht mehr erwähnen. Bloß nicht! Das wäre viel zu durchschaubar. Ich würde stattdessen so tun, als hätte ich nur noch Häkeln im Kopf. Zum Beispiel könnte ich laut darüber nachdenken, wie viel Wolle man für sechs Wochen Ferien benötigte. Ja, das war gut! Sie würden erbleichen und mir tolle Reisevorschläge machen. Alles würde ihnen recht sein – alles außer Häkeln. So weit die Theorie.

Und sie funktionierte. Tatsächlich streckten an diesem Nachmittag beide mehrfach ihren Kopf in mein Zimmer. Tatsächlich sprachen sie abends im Wohnzimmer über mich. Und was ich hörte, als ich leise barfuß an die Tür schlich und lauschte, klang wirklich so, als müsste ich nicht mehr lange Quadrate in Rosa und Gelb häkeln.

»Tess wird langsam schrullig«, sagte mein Vater.

»Ja, sie entwickelt typische Einzelkind-Marotten«, seufzte meine Mutter. »Sie ist zu viel allein, sie kreist nur um sich selbst, sie ist altklug, wunderlich und zieht sich von der Außenwelt zurück. Da läuft was falsch.«
Draußen vor der Tür nickte ich heftig. Genau das sollten sie denken.
»Sie muss hier raus.« Das kam wieder von meinem Vater. »Sie braucht eindeutig mehr Leben, mehr Abwechslung. Ich glaube, wir denken da in die richtige Richtung. Für Tess ist ein Tapetenwechsel das Beste.«
Ich hatte genug gehört, die beiden waren auf der richtigen Spur. Zuversichtlich kroch ich in mein Bett und träumte von weißen Stränden, blauem Meer, braun gebrannten Jungs und grenzenloser Freiheit.

Umso härter traf mich die Eröffnung, die mir meine Eltern am nächsten Tag beim Frühstück machten.
»Was ich dir jetzt sage, wird dein Leben verändern«, verkündete meine Mutter. Sie trug ein Nachthemd mit einem aufgestickten Schaf, das einen merkwürdig starren Blick hatte. Sah so jemand aus, der Menschenleben veränderte?
Na gut, vielleicht. Aber warum sagte sie dann nichts? Warum überbrachte sie mir die Jubelnachricht nicht? Sie hatte es doch gerade groß angekündigt, aber stattdessen blickte sie nur hilfesuchend meinen Vater an.
Der wirkte noch total verschlafen, und seine Augen erinnerten mich an die vom Nachthemdschaf. »Jaaa«, sagte er gedehnt, als ob er Zeit schinden wollte. »Wir haben gemerkt, dass es

dir zurzeit nicht so gut geht, und da hatten wir eine Idee.« Er zögerte, und ich sah ihn aufmunternd an. »Du brauchst einen Tapetenwechsel.«

Ich nickte. Obwohl meine Eltern sich seltsam zögerlich verhielten, war ich zu diesem Zeitpunkt noch nicht misstrauisch. Ich war nur überrascht, dass ich sie so schnell rumgekriegt hatte. Und ich fand das fast schade, denn ich hatte noch richtig viel Wolle übrig.

Jetzt verschränkte mein Vater die Arme vor der Brust, als müsse er sich gegen etwas wappnen. »Wir ziehen um«, stieß er hervor.

Moment! Hatte er das echt gesagt? Ich verschluckte mich vor Schreck an meinem Müsli. Am liebsten hätte ich die Stelle zurückgespult und noch mal angehört. Das konnte er doch nicht wirklich gesagt haben, oder?

Hatte er aber. »Wir ziehen in eine schöne, große Altbauwohnung, ganz in der Nähe«, erklärte er und strahlte mich an.

Schock! Das war nicht das, was ich erwartet hatte. Ich reagierte mit Panik, und mein Gehirn ratterte wie eine kaputte Häkelmaschine. Aber dann beruhigte ich mich wieder. Umzug? Okay, Umzug. Eigentlich war das ja nicht schlimm. An meinen Reiseplänen würde sich nichts ändern, und eine Verschlechterung würde die neue Wohnung garantiert nicht sein. Warum sollten die beiden den Umzug sonst planen? Vielleicht würde ich sogar ein größeres Zimmer bekommen, mit eigenem Bad, das wäre genial. Also gut, wenn es meinen Eltern wichtig war, dann sollten sie von mir aus die Tapete wechseln. Dann würde ich eben ein paar Häuser weiter vor mich hin häkeln, so what?

Mein Spanien-Plan würde trotzdem klappen, da war ich mir sicher.
Noch.
Aber jetzt rückte meine Mutter mit der ganzen Wahrheit raus.
»Und was das Beste ist«, verkündete sie und machte eine Pause, in der ich locker eine ganze Reihe Häkelmaschen an einem Topflappen hätte schaffen können. »Wir ziehen nicht allein in unser neues Haus.«
»Aha. Wer denn noch?«, fragte ich, aber nur aus Höflichkeit. Eigentlich war es mir egal, wenn ein paar ihrer Freunde im selben Haus wohnen würden. Vielleicht war das sogar ganz gut. Es würde sie von mir ablenken.
»Opa!«, rief meine Mutter übertrieben fröhlich. »Und Marius und Gwenny mit den vier Kleinen. Natürlich bekommt jede Familie eine eigene Wohnung, ist ja klar, und Opa auch. Und die Dachwohnung, die bekommt Basti, er studiert ja ab Herbst Philosophie, hier an der Uni.« Sie strahlte mich an. »Ist das nicht toll, Tess? Dann lebst du in einer Großfamilie! Dann hast du nicht mehr nur uns Eltern, sondern auch Opa, Onkel, Tante, Cousinen und Cousins in allen Altersstufen. Drei Generationen unter einem Dach! Da musst du nicht mehr allein in deinem Zimmer sitzen und stricken.«
»Häkeln«, verbesserte ich mechanisch. Doch in Gedanken war ich schon einen Schritt weiter. Leben in der Großfamilie? Alle Walters auf einem Haufen? Niemals! Allein der Gedanke jagte mir Schauer über den Rücken! Nichts gegen meine Familie, einzeln sind wir alle ganz okay. Aber in der Familienhorde werden wir zur Naturkatastrophe. Und das ist für niemanden

schön, für andere Menschen nicht, und für uns selbst schon gar nicht. Deswegen wunderte ich mich über die Idee meiner Eltern. Wie konnten sie sich das freiwillig antun?
Aber eigentlich war mir egal, was sie sich dabei gedacht hatten, denn eins wusste ich genau: Ich. Wollte. Es. Nicht. Punkt.
Und wenn ich etwas nicht wollte, würde ich es auch nicht zulassen. Fest stand: Ich musste meine Strategie ändern.
Erstens: Weg mit der Häkelnadel. Das mit Spanien musste ich anders durchsetzen. Jetzt war es wichtig, alles abzulegen, was auch nur entfernt nach Einzelkindmarotte roch. Also keine Schrullen mehr. Kein »wunderliches« Verhalten. Und nicht mehr altklug sein. Was ist das Gegenteil davon? Neudumm? Egal was, ich musste es werden. Und ich musste zweitens so viel Leben und Chaos in unsere Bude bringen, dass meine Eltern zu dem Entschluss kommen würden, dass wir alle dringend mehr Ruhe und Besinnlichkeit brauchten.
Und dann, wenn ich dieses Umzugs-Horrorszenario verhindert hatte, nix wie ab nach Spanien.
Aber mit dem nächsten Satz zerstörte meine Mutter auch diese Träume. »Und rate mal, wann wir umziehen«, sagte sie, und in ihrer Stimme klang dieser künstliche Jubelton mit, der zeigte, dass sie genau wusste, wie wenig ich mich über ihre Worte freuen würde. »In den Sommerferien! Wir bleiben dieses Jahr zu Hause und nutzen die Zeit, um uns so richtig gut einzuleben. Wir alle zusammen!«
In den Sommerferien? Das war ja schon in acht Wochen! Und das wiederum bedeutete, dass der Umzug nicht mehr nur eine Idee war, sondern längst beschlossene Sache. Die Spanienreise

konnte ich mir abschminken. Aus der Traum. In diesem Moment hätte ich als Zeichen meines Protests gern auf einen Buzzer geschlagen – BÖÖÖP!
Eltern. Gerade weil man sie nicht verstehen kann, bleibt immer ein Restrisiko, wenn man ihre Handlungen vorausberechnen will. Und dieses Mal hatte ich mich gründlich verrechnet.

Theresa Walter
Fichtenstraße 70
60322 Frankfurt

An das Institut für Psychologie
der Goethe-Universität Frankfurt
Grüneburgplatz 1
60323 Frankfurt am Main

27. Mai

Betreff: Eltern und Wissenschaft

Sehr geehrte Damen und Herren,

auf Ihrer Homepage habe ich gelesen, dass Sie Kinder und Jugendliche wissenschaftlich untersuchen. Damit wollen Sie Eltern helfen, ihren Nachwuchs besser zu verstehen.

Aber warum erforscht denn niemand Eltern? Ich finde darüber nichts auf Ihrer Seite. Dabei bräuchten viele Kinder und Jugendliche dringend Hilfe, um ihre Eltern besser zu verstehen.

Falls die Experimente an Eltern daran scheitern, dass Sie keine geeigneten Versuchspersonen haben, wäre ich gern bereit, meine unter einem Vorwand zu Ihnen zu locken. Es handelt sich um gesunde Exemplare mittleren Alters mit einem ausgeprägten Elterntrieb und der Neigung zu seltsamen Entscheidungen.

Mit freundlichen Grüßen

Theresa Walter, 14, frustriert

2

Nach diesen Neuigkeiten konnte ich mich in der Schule nur schwer konzentrieren. Nicht nur, weil es horrormäßig früh war, sondern auch, weil mir das mit dem Umzug echt an die Nieren ging. Ich wusste nicht, ob ich kämpfen sollte, um diese Katastrophe zu verhindern, oder ob ich den Kampf sowieso längst verloren hatte.

Wie schon gesagt, meine Eltern waren oft schwer zu verstehen, sie gingen selten den direkten Weg. Wenn sie Insekten wären, dann wären sie garantiert Fliegen. Die sausen ja auch immer im Zickzack-Flug durch die Luft, damit erst kurz vor der Landung klar wird, wohin sie wollen. Meinen Eltern half dieser Trick aber längst nichts mehr. Nach vierzehn harten Jahren des Zusammenlebens konnte ich ihr Verhalten inzwischen ganz gut deuten, und wenn sie so bedröppelt wirkten wie heute beim Frühstück, hatten sie ganz eindeutig ein schlechtes Gewissen. Vermutlich war die Umzugsplanung also wirklich schon viel weiter, als sie zugaben. Was also tun? Kämpfen oder nachgeben? Ich hatte Jojo vor der Schule alles erzählt, und ihrer Meinung nach hatten wir verloren. »Kopf hoch«, hatte sie gesagt und ihre eigene Enttäuschung einigermaßen verborgen. »Wir lassen uns nicht unterkriegen, wir bleiben dran.

Vielleicht wird's ja in den Herbstferien was. Oder nächstes Jahr.«

Pfff. Nächstes Jahr. Genauso gut könnte sie sagen: im nächsten Leben.

Ich saß im Biosaal und starrte auf die Glasschränke an der Wand. Ein ausgestopfter Bussard starrte zurück. Daneben lagen auf schwarzem Stoff ausgeblichene Schädel von Mäusen, Wieseln, Mardern und Füchsen. Käfer und Insekten waren in weißen Schaukästen mit Nadeln festgepinnt. Und in einem Glasbehälter rechts davon dümpelte in trüber Flüssigkeit ein Gehirn vor sich hin. So ungefähr fühlte sich meins auch gerade an.

Einer der Glasschränke war leer, und weil der Unterricht so unendlich langweilig war, stellte ich mir vor, dass darin bauchige Reagenzgläser stünden, in denen winzige Menschlein umherpaddelten und winkten. In jedem eins, und zwar Mini-Ausgaben von meinen Klassenkameraden und mir. Ich nahm meinen Schreibblock, zeichnete ein paar Reagenzgläser, malte Etiketten darauf und beschriftete sie: Kai – braun gebrannt, selbstbewusst, sexy. Lea – klein, blond, niedlich. Amelie – politisch engagiert und diskussionsfreudig. Jedem aus meiner Klasse ordnete ich ein paar typische Eigenschaften zu, die ihn charakterisierten, und das war ganz leicht. Es gab für jeden von uns Wörter, die sich geradezu aufdrängten, und ich war mir sicher, dass fünfundneunzig Prozent meiner Mitschüler spontan dieselben Begriffe gewählt hätten. Wir waren schließlich seit der Fünften zusammen in einer Klasse, und irgendwie hatte jeder im Laufe der Jahre eine Schublade bekommen, in die man ihn

einsortiert hatte. Wir fragten uns schon lange nicht mehr, ob wir da noch reinpassten.
Jojo – neugierig, hübsch, klug. Kilian – schüchtern, unfreiwillig komisch. Bo – riecht nach Aschenbecher und sieht so aus, als würde er in einem schlafen. Und dann ich. Tess. Ich stockte und malte ein Fragezeichen hinter meinen Namen. Was gehörte auf mein Etikett? Ich wusste es nicht.
Vorsichtig stupste ich Jojo an und flüsterte ihr meine Frage zu. Sie betrachtete mit gerunzelter Stirn meinen Block. Es dauerte eine Weile, bis sie kapierte, was ich von ihr wollte, aber dann schrieb sie schnell etwas auf mein Etikett: Tess – schön, stark, intelligent, erfolgreich.
Ich verdrehte die Augen. »Mensch, ich will das wirklich wissen. Jetzt sag doch mal, wie ich in der Klasse gesehen werde.«
Sie grinste und klopfte nachdrücklich mit ihrem Stift auf die Wörter, die sie hingekritzelt hatte. »Keine Ahnung. Ich weiß nur, wie ich dich sehe.« Aber als sie meinen Blick sah, wurde sie ernst. »Hmmm, ich denk mal, alle finden dich nett. Und sie finden, dass man sich gut mit dir unterhalten kann. Auch über ernste Sachen.«
NETT? Genau das hatte ich befürchtet. Das hieß ja wohl übersetzt: Du störst niemanden, aber du interessierst auch keinen so richtig. Und: Man kann dich ruhig auf Partys einladen, denn du machst nichts kaputt, und man braucht ja auch immer ein bisschen Publikum. Ich war also ungefähr sowas wie diese Verpackungschips aus Styropor, mit denen man Hohlräume in Paketen füllen kann, damit den wirklich wertvollen Sachen darin nichts passiert. Na toll.

Nett. Den Stempel »nett« hatte ich, weil ich in der fünften und sechsten Klasse still, schüchtern und unauffällig gewesen war. Das war zwar längst vorbei, aber das merkte niemand. In der Schule gilt nämlich: einmal Star, immer Star. Einmal Depp, immer Depp. Und einmal nett, immer nett. Wenn man das ändern will, muss man lange daran arbeiten, und vielleicht klappt es trotzdem nie.

Aber ich wollte kein unwichtiger Styroporstreusel mehr sein, sondern ein wertvolles Einzelstück. Und auf Partys wollte ich raus aus dieser Ach-du-bist-ja-auch-da-Nummer. Ich wollte endlich so gesehen werden, wie ich wirklich war.

Da gab es nur ein klitzekleines Problem: Ich wusste ja selbst nicht genau, wer oder wie ich war. Das musste ich also dringend erst mal herausfinden. Nur – wie findet man im ganz normalen Alltagstrott irgendetwas über sich selbst heraus? Da ist doch immer irgendwer, der dich in alte Schubladen quetscht.

Keine Familie, keine Clique, kein Alltagskram! Nur ich und Jojo! Das war's, was ich brauchte, und das hätte ich in Spanien haben können. Auch deshalb war die Idee mit der Reise für mich so wichtig gewesen, weil sie viel mehr hätte sein können als nur ein Urlaub: ein Neuanfang.

In diesen Gedanken wurde ich gestört, als plötzlich der Schatten unseres Biolehrers auf mich fiel.

»Jovana, was machst du da?«, polterte er los.

Uff, er meinte nicht mich, er meinte Jojo. Aber nach der ersten Erleichterung merkte ich: Das war viel schlimmer. Er hatte Jojo nämlich beim Spielen mit ihrem Handy ertappt, und jetzt war das Ding gleich weg, er würde es einkassieren. Und weil ihr

das schon zum zweiten Mal passierte, würden ihre Eltern Post von unserem Direktor bekommen.
»Sorry«, sagte ich schnell und plinkerte Herrn Marquart an. »Das ist meins. Ich wollte Jojo nur schnell was zeigen.«
»Tja, dann hast du jetzt Pech gehabt, Theresa«, sagte er und konfiszierte Jojos Handy. »Um eins kannst du's auf dem Rektorat abholen.«
Pech? Wir hatten Glück gehabt. Mich hatte noch keiner mit dem Handy erwischt, ich würde es also später problemlos ausgehändigt bekommen, und bis dahin konnte Jojo das Teil auch mal entbehren.
Sie lächelte mich an, zeichnete ein Herz auf einen Zettel, schob ihn mir zu und flüsterte »Danke«.
»Ist doch klar«, wisperte ich fast lautlos. Sie hätte das auch für mich getan.
Ich sank in meinen Halbschlaf zurück und dachte weiter über Spanien nach.
Raus aus der Schublade, das war der eine Grund für meinen Reiseplan gewesen. Aber ich wollte noch etwas. Und das war noch viel wichtiger.

»Was willst du denn?«, fragte Jojo mich am Nachmittag, als ich ihr mein Herz ausschüttete. Sie saß neben mir auf meinem Bett, hatte ihren Laptop auf den Knien und betrachtete im Internet Bilder von spanischen Stränden. Wie immer fielen ihr dabei ihre langen, dunklen Haare ins Gesicht, und sie warf sie mit Schwung nach hinten. Ihre Augen waren grün wie das spanische Meer.

»Hmmm«, knurrte ich, um Zeit zu schinden, denn diese Frage beantwortete ich nicht gern, das ging mir echt nah. Aber Jojo konnte ich so was sagen. »Ich will mich mal wieder verlieben«, gab ich also zu.

»Das kannst du doch auch hier«, meinte sie und klickte ein Bild an, auf dem man Jungs auf Surfbrettern über glitzernde Wellen flitzen sah.

»Nein«, sagte ich. »Eben nicht.« Aber so richtig erklären konnte ich das nicht mal ihr, weil die Erklärung so unendlich kitschig klang. Ich wollte mich nämlich nicht so verlieben, wie man sich normalerweise verliebt. Also nach dem Motto: Wir gehen abends raus, meine Clique trifft seine Clique, wir albern rum und flirten, keiner weiß genau, wer jetzt eigentlich auf wen steht, und irgendwann finden sich dann Pärchen zusammen. Vielleicht knutscht man rum. Danach muss man dann nur noch rausfinden, ob das jetzt für einen Abend war oder für länger.

Ich wollte einen Jungen finden, der sich so benahm, wie er wirklich war, und ich wollte auch einfach *ich* sein dürfen. Er sollte mich genauso mögen wie ich war. Und dann wollte ich mit ihm reden und ihn ansehen und meine Stirn an seine lehnen und ihn küssen. Ja, und ich wollte solche Sachen machen wie händchenhaltend am Strand entlanglaufen, den Sonnenuntergang anschauen, unsere Schlafsäcke auf dem Sand ausbreiten, ein Lagerfeuer anzünden und nebeneinander beim Wellenrauschen einschlafen. Morgens wollte ich meine Augen aufschlagen und gleich in seine sehen. Also, im Grunde wollte ich die Basics, die man einfach mal erlebt haben sollte. Finde ich.

Aber das kann man ja nicht gut laut sagen, denn dann klingt

es nicht so, wie es sich anfühlen würde, sondern künstlich und übertrieben romantisch und klebrig-süßlich-rosarot. Ist es aber nicht!

Jojo verstand natürlich nicht, worauf ich hinauswollte. Kein Wunder, ich hatte es ihr ja auch nicht erklärt. Sie knuffte mich in die Seite, um mich aufzumuntern. »Komm schon. So schlimm ist das alles doch gar nicht«, meinte sie. »Das mit dem Verlieben, das schaffen wir wirklich auch hier. Diese Stadt ist doch groß genug. Wir gehen einfach mal ins Freibad.«

»Ja. Können wir machen«, sagte ich lustlos. »Aber schlimm ist der Umzug trotzdem. Schon allein wegen der Großfamilie!« Ich schnaubte wütend. »Ich bin gern Einzelkind. Und außerdem bin ich vierzehn. Das ist das Alter, in dem man seine Familie so langsam hinter sich lässt. Da wohne ich doch nicht freiwillig mit noch mehr von denen zusammen. Ich! Will! Nicht!«

Jojo zuckte mit den Schultern und googelte das Wort »Großfamilie«. »Wenn du der Inder Zion Chana wärst, könnte ich deine Panik ja verstehen«, sagte sie und starrte erschrocken auf den Bildschirm. »Wahnsinn. Der Mann hat neununddreißig Ehefrauen, vierundneunzig Kinder, vierzehn Schwiegertöchter und dreizehn Enkel. Dass der über seine Großfamilie schimpft, ist klar. Für den wird ja schon eine ganz normale Abstimmung über Fragen wie ›Gehen wir am Sonntag ins Hallenbad oder in den Zoo?‹ zu einer stundenlangen Diskussion. Aber du und deine Familie, ihr seid doch gerade mal, warte …« Sie zählte uns an ihren Fingern ab. »Ihr seid elf Leute. Das sind auch nicht mehr als in anderen Mehrfamilienhäusern. Eher weniger. So schlimm werden die doch nicht sein.«

»Ja, könnte man denken«, sagte ich. »Und das dachte wohl auch der Restaurantbesitzer, der uns für die Feier von Opas Fünfundsiebzigstem neulich sein Nebenzimmer überlassen hat. Tja, und jetzt ist das Restaurant geschlossen, und der Mann ist seit sechs Wochen in Kur.«

Jojo schob sich ein Stück Schokolade in den Mund. Meine Schokolade. »Wie ift denn daf paffiert?«, fragte sie.

»Da war erst mal die Sache mit dem Krach.« Ich dachte mit Schaudern daran zurück. »Ich glaube, wir sind in das Lokal eingefallen wie eine Büffelherde. Aber dafür können wir nichts, das liegt an unseren Genen. Wir stammen eben alle von Urururu/ropa Ignatz Walter ab, und seine Charaktereigenschaften vererben sich äußerst dominant.«

»Waf war denn daf für einer?«, nuschelte Jojo mit vollem Mund.

»Uropa Ignatz lebte vor ungefähr zweihundert Jahren«, erzählte ich. »Sein Beruf war es, die Soldaten auf dem Schlachtfeld mit Trommeln anzuspornen und den Feind zu erschrecken, und das machte er gut. Weil ihm seine Trommeln dafür irgendwann zu leise waren – und er war der Einzige, der dieser Meinung war –, tauschte er sie gegen Zimbeln aus. Das sind große Becken aus Messing, die man scheppernd aneinanderschlägt. Tsching BUMM.«

»Echt jetzt?«, fragte Jojo.

Ich nickte. »Man sagt, dass sie jede Schlacht gewonnen haben, weil er und die von ihm angespornten Soldaten alles niederwalzten, was ihnen im Weg stand. Tja, und das mit dem Krach und dem Niederwalzen hat sich bis heute an seine Nachfahren vererbt.«

Jojo zuckte mit den Schultern. »Na, aber mit einer lauten Familiengesellschaft muss man in einem Restaurant doch klarkommen.«

Ich nickte. »Aber das war nicht alles. Mein jüngster Cousin Leo macht gerade eine Phase durch, in der er dauernd selbsterfundene Schimpfwörter schreit. Er kräht sie in allen passenden und unpassenden Momenten raus und lacht sich dann kaputt. Das fanden manche nicht so lustig. Ein paar Gäste sind gegangen, darunter auch ein Restaurantkritiker. Wobei das ein Glück war, denn wenn er geblieben wäre, dann hätte das Restaurant ganz dichtmachen können. Denn da war ja noch die Sache mit den Regenwürmern.«

»Regenwürmer?«, fragte Jojo.

Ich seufzte. »Als wir aufs Essen warteten, haben die Kinder draußen auf dem Parkplatz Regenwurmbabys gesammelt. Ganz kleine, dünne Würmchen waren das. Und weil die angeblich Hunger hatten, haben die Monsterkids ihnen aus dem Salatbüffet Blätter geklaut. In der kleinen Schale mit der Petersilie haben sie ihnen dann ein Würmchengehege gebaut. Tja, und das haben sie auf dem Büffet vergessen. Leider waren die anderen Gäste nicht so tierlieb.«

»Iiiih!« Jojo schob sich noch ein Stück Schokolade in den Mund, als Nervennahrung vermutlich.

Ich war zu sehr in meinen Gedanken versunken, um dagegen zu protestieren, dass sie meinen ganzen Vorrat vernichtete.

»Ja, sie sind anstrengend. Besonders die Kinder. Aber weißt du, was das Schlimmste an der ganzen Umzugssache ist?«, fragte ich.

Jojo schüttelte den Kopf.
»Ich kann nichts daran ändern«, sagte ich. »Ich hatte einen Plan, meine Eltern durchkreuzen ihn einfach, und mir fällt überhaupt nichts ein, was ich dagegen tun könnte. Und sowas halte ich nur sehr schwer aus. Das kann doch nicht sein!«
Jojo nickte verständnisvoll.
»Oh.« Ich fuhr auf. »Beim Thema Ändern fällt mir was ein. Wir müssen noch einen Brief schreiben. Das mit den Handys in der Schule kann so nicht weitergehen. Und weil ich dich heute früh rausgehauen habe, hilfst du mir, okay?«
»Hmpf«, sagte Jojo.

Theresa Walter
Fichtenstraße 70
60322 Frankfurt

Herrn
Thomas Ballhoff
Direktor des Hölderlin-Gymnasiums
In den Höfen 17
60322 Frankfurt

28. Mai

Lieber Herr Ballhoff,

an unserer Schule gibt es ja die Regel, dass man keine Handys benutzen darf. Das gilt sowohl für das Schulgebäude als auch für den Pausenhof, und nicht nur während des Unterrichts, sondern auch in den Pausen und vor und nach der Schule.
Wenn man mit dem Handy erwischt wird, sammeln es die Lehrer ein, und man muss es nach dem Unterricht bei der Schulleitung abholen. Wiederholungstelefonierer bekommen sogar einen Brief an die Eltern und eine Strafarbeit.
Das finde ich aus verschiedenen Gründen nicht gut. Erstens sehe ich nicht ein, warum das Handy auch in den Pausen verboten ist. Da stört es nun wirklich keinen, da muss man ja nicht aufpassen oder lernen. Zweitens verstehe ich nicht, warum das Verbot nicht nur in der Schule, sondern auf dem

ganzen Schulgelände gilt. Inwiefern behindert es denn die Lehrer oder das Lernen oder das Schulklima oder so, wenn am Rande des Pausenhofs ein Schüler mal eben kurz telefoniert? Und drittens verstehe ich nicht, warum man nicht auch mal im Unterricht kurz aufs Handy schauen sollte.
Ich sehe ja ein, dass Sie wollen, dass die Schüler im Unterricht ihre Aufmerksamkeit ganz auf den Lehrer richten. Aber mal ehrlich, ein unaufmerksamer Schüler ist ohne Handy genauso unaufmerksam. Dann malt er eben den Tisch an oder quatscht mit seinen Sitznachbarn, sodass auch die nicht aufpassen. Das ist ja auch nicht besser.
Eine erzieherische Funktion hat das Verbot auch nicht, so nach dem Motto, die Schüler sehen ein, dass man nicht immer nur am Handy rumhängen soll, oder so. Ganz im Gegenteil, dadurch erziehen Sie die Schüler eher dazu, Verbote zu hintergehen und alles heimlich zu machen.

Was ich von allem am unfairsten finde, ist, dass das Verbot nur für Schüler gilt und nicht für Lehrer.

Ich würde mich freuen, wenn Sie daran etwas ändern würden.

Mit freundlichen Grüßen

Theresa Walter, 9d

3

»Du, Jojo?«, fragte ich, als der Brief fertig war.

»Hmmm.«

»Sag mal, findest du eigentlich auch, dass ich Einzelkindmarotten habe? Bin ich wirklich schrullig? Ich kann mir darunter gar nichts vorstellen.«

Jojo kräuselte die Stirn. Das tut sie immer, wenn sie nachdenkt. Sie versucht eigentlich, ihre Stirn in würdige Falten zu legen, aber das funktioniert nicht. Sie bringt immer nur ein paar Runzeln zustande. »Ein bisschen schrullig bist du schon«, gab sie zu. »Aber ich liebe das sehr an dir.«

»Oh Mann!« Ich verdrehte die Augen. »Du hättest an dieser Stelle ›nein‹ sagen sollen.« Ich zögerte kurz, dann hakte ich nach: »Wieso findest du das?«

»Na, da ist erst mal die Sache mit den Briefen.«

»Die sind doch nicht schrullig. Sie sind sinnvoll. Wenn ich irgendwo ein Problem entdecke, setze ich mich dafür ein, es zu beseitigen. Jeder kann die Welt ein winziges bisschen besser machen. Und wenn das alle tun, wird sie irgendwann wirklich besser.«

»Siehst du, das ist typisch Einzelkind«, sagte Jojo und googelte das Wort. »Ich sag ja nicht, dass es nicht stimmt. Aber wenn du in einer großen Familie aufwächst, so wie ich, kommst du einfach nicht auf die Idee, dass du an der Welt irgendwas ändern könntest.« Sie sah mich nachdenklich an. »Bei uns läuft das Leben eher nach dem Chaosprinzip: Du tust was und wartest ab, was passiert. Die Richtung kannst du nicht beeinflussen. Und reden oder schreiben, das nützt bei uns gar nichts. Du könntest dich bei uns auf den Boden legen und mit den Füßen strampeln, keiner würde auch nur hingucken. Und häkeln könnte ich, bis ich blutige Fingerspitzen hätte, niemand würde es bemerken.«

»Pfff. Ich bin also nicht so abgestumpft wie Geschwisterkinder. Okay, damit kann ich leben. Und was ist sonst noch anders an mir?«

»Na, so 'n bisschen dein Wortschatz.« Jojo zögerte. »Du redest nicht wie andere aus unserer Klasse, sondern wie gedruckt. Ein bisschen altmodisch. Du würdest nie sowas sagen wie ›gemma Kino‹ oder so.«

»Nein, fürwahr, das würde ich nicht«, sagte ich hoheitsvoll. »Aber das ist keine Einzelkindmarotte, das liegt daran, dass meine Eltern Lehrer sind. Seit ich mein erstes Wort gesagt habe, es lautete übrigens ›Hasi‹, verbessern sie mich ständig. Ich höre es noch heute, wie sie überdeutlich mit riesigen Mündern ›HA-SE‹ zu mir gesagt haben, wieder und wieder. Und ich wette, wenn sie zehn Kinder hätten, dann würden die alle so sprechen wie ich. Hat also mit Einzelkind nichts zu tun. Sonstige Marotten?«

Jojo seufzte. »So langsam verliere ich den Überblick, was Walter-Macken und was deine eigenen Tess-Macken sind, und was an deinem Einzelkindschicksal liegt«, sagte sie. »Aber, warte mal, das haben wir gleich.« Sie sah aufs Display und klickte auf einen Link. »Guck mal, hier ist ein Psychotest. Bist du das typische Einzelkind?« Sie klickte auf Start. »Na, das wollen wir doch gleich mal ausprobieren. Erste Frage. Bist du gern allein?« Sie dachte kurz nach und beschloss dann: »Ja! Eindeutig ja.« Sie wählte das betreffende Feld.

»Ähm, Moment mal, bin ich nicht«, wandte ich ein.

»Nächste Frage«, sagte sie ungerührt. »Teilst du gern, was du besitzt? Nein. Ganz klar: nein. Teilen ist ein heikles Thema.«

»Hey«, protestierte ich, aber Jojo redete einfach weiter. »Bist du konfliktfähig? Hältst du Streitigkeiten aus, ohne die Nerven zu verlieren? Oh nein, wir nehmen Antwort c, da heißt es: Ich streite überaus ungern. Letzte Frage: Hättest du gern Geschwister? Und wenn ja: wie viele? Mal nachdenken, ich glaube, die richtige Antwort ist: Nein, ich möchte keine Geschwister haben. Ich fühle mich ohne Rivalen wohler. Jawohl. Fertig. Enter.« Sie klickte auf ein Feld und wartete das Testergebnis ab. »Ha! Wusste ich's doch, hier steht es schwarz auf weiß: Du bist ein typisches Einzelkind.«

»Moment mal«, wiederholte ich. »Ich bin überhaupt nicht gern allein. Kein bisschen. Ich mach immer das Radio an, wenn ich allein zu Hause bin, damit ich Stimmen hören kann. Und ich kann wundervoll streiten, das weißt du genau. Und ich kann auch teilen, jawohl, das kann ich wie keine zweite.«

»Stimmt«, sagte Jojo und schob sich das letzte Stück meiner Lieblingsschokolade in den Mund, von der ich nebenbei bemerkt kein einziges Stück abbekommen hatte. »Daf kannft du

prima.« Sie kaute und schluckte, bevor sie weitersprach: »Aber wer redet denn von dir? Das hier ist mein Testergebnis. Ich bin das typische Einzelkind. Ich.«
»Jovana Maria Batic«, sagte ich sanft. »Du hast vier Geschwister, einen Hund, drei Meerschweinchen und zwei Wellensittiche. Du bist kein Einzelkind. Hier ging es eben um mich und nicht um dich.«
»Stimmt«, gab Jojo ungerührt zu. »Aber auch daran sieht man, dass ich eigentlich das geborene Einzelkind bin, ichbezogen und unsensibel. Und man sieht daran auch, dass ich überhaupt nicht artgerecht gehalten werde. Mal ehrlich, ich finde, du hast es in dem neuen Haus immer noch besser als ich. Da wohnt ihr doch alle in eigenen Wohnungen, wenn ich das richtig verstanden habe. Du kannst da also wenigstens eine Wohnungstür zumachen, wenn du die anderen nicht sehen willst. Ich kann das nicht.«
Ich seufzte. »Türen? Die nützen bei meiner Familie nichts. Ich glaub, die können sogar durch Wände gehen.«
»Jetzt sag mal«, meinte Jojo. »Was ist denn wirklich so schrecklich an deiner Family? Das mit Ignatz und den Becken – sorry, aber das glaub ich dir nicht.«
»Na, dann überprüf es eben«, antwortete ich, weil ich gerade einen genialen Einfall hatte. »Komm einfach mit!«
In einer halben Stunde war ich nämlich mit der gesamten Sippe verabredet, um unser neues Haus zu besichtigen. Da konnte Jojo sich doch einfach selbst ein Bild machen.
Also machten wir uns zusammen auf den Weg.
Wir sahen das neue Haus noch gar nicht, da hörten wir schon

ohrenbetäubenden Krach. Eindeutig: Meine Familie war schon da. Und die Nachfahren von Ignatz Walter hätten mit ihrem Getöse auch heute locker jeden Feind in die Flucht geschlagen. Ohne Tsching und Bumm.

Das Haus wirkte urig und gemütlich. Es war grau, hatte ein paar halbrunde Erker, die großen Fenster waren mit rotbraunem Sandstein eingefasst und man konnte schon von außen sehen, dass dahinter hohe, helle Räume waren. Im Erdgeschoss befand sich ein Antiquitätengeschäft, in dessen Schaufenster alte Möbel schimmerten. Darauf waren Kristallgläser und Silberbesteck ausgestellt. Ein Schild mit Schnörkelschrift verriet den Namen des Ladens: »Uralt Lavendel«

Vor dem Haus sah ich all meine Lieben. Von Weitem wirkten sie ganz harmlos, einfach wie eine kleine Gruppe von Menschen im Alter zwischen fünf und fünfundsiebzig. Aber sie klangen nicht harmlos. Sie redeten und lachten durcheinander, und zwar in einer Lautstärke, in der andere Menschen brüllen, schreien oder toben. Ganz vorne sah ich vier Kinder, die zappelten, hüpften, winkten und krakeelten. Der kleine Wicht, der mit beiden Händen seine Ohren in die Länge zog und gleichzeitig die Zunge rausstreckte, das war der fünfjährige Leo. Neben ihm schubsten sich zwei Mädchen gegenseitig in eine Stachelhecke, das waren Lucy und Lotte. Die siebenjährigen Zwillinge ähnelten sich wie ein Himbeerbonbon dem anderen, denn sie zogen grundsätzlich nur Sachen an, die rosarot waren. Und dann war da noch die neunjährige Lilith, sie machte schon ein bisschen auf cool, wie sie da so stand, schmal, blass, mit langen dünnen Haaren, die Hände in den Hosentaschen, die Mundwinkel herabgezogen, damit auch ja keiner denken konnte, dass sie aufgeregt war. Das fand ich gut, denn dadurch war sie deutlich ruhiger als die anderen. Dahinter sah und hörte ich ihre Eltern Marius und Gwenny, meinen achtzehnjährigen Cousin Basti, meinen Opa und meine Eltern Nina und Tim.

Alle Walters sind zierlich, haben braune Haare (bis auf Opa, der ist ziemlich kahl) und Sommersprossen auf der Nase, so wie ich, sogar die »angeheirateten« Familienmitglieder, also mein Vater und mein Onkel Marius. Nur mein Cousin Basti, der zukünftige Philosophie-Student, fällt aus der Reihe. Basti ist groß und schlaksig; er erinnert mich immer an Goofy, und manchmal muss ich aufpassen, dass ich ihn nicht so nenne. Von seiner Mutter, meiner angeheirateten Tante Astrid, hat er schwarze Haare geerbt. Aber diese Tante war jetzt nicht hier, sie lebt mit meinem Onkel Ralf in sicherer Entfernung zu uns, in Wien.

»Okay, sie sind laut«, flüsterte Jojo mir zu. »Aber sooo laut nun auch wieder nicht. Und sie sehen doch ganz normal aus.«

»Das täuscht«, gab ich leise zurück.

Jetzt rannte mein kleinster Cousin Leo auf mich zu und umarmte mich irgendwo auf Bauchhöhe, größer war er noch nicht. Statt einer Begrüßung sagte er »Popomann«. Und dann lachte er sich kringelig.

»Hallo, Leo«, sagte ich matt. »Ich will ja nicht mäkelig rüberkommen, aber wenn du unbedingt albern sein musst, dann sag wenigstens Popo*frau* zu mir.« Jetzt kriegte Leo sich überhaupt nicht mehr ein vor Lachen.

»Hallo, ihr zwei«, sagte seine Mutter, also meine Tante Gwenny, zu Jojo und mir. Sie lächelte. »Wie nett, dass du eine Freundin mitbringst. Ich hoffe ...« Der Rest ihrer Worte ging in ohrenbetäubendem Kindergeheul unter.

Jojo erschrak. Ich nicht. Aus den Augenwinkeln hatte ich nämlich beobachtet, was sich eben vorm Haus abgespielt hatte: Lucy und Lotte, die beiden Himbeerbonbons, hatten offenbar den Befehl bekommen, mit dem Klingeln an der Haustür so lange zu warten, bis alle Familienmitglieder da waren. Als sie mich gesehen hatten, waren sie sofort losgerast. Jede wollte zuerst an der Klingel sein und drücken. Sie hatten sich deswegen gleichzeitig durch das schmale Tor gequetscht, das vom Gehsteig in den Vorgarten führte, waren in vollem Lauf aneinandergeknallt, und Lotte war hingefallen. Zuerst hatte sie sich schweigend aufgerappelt, obwohl ihr Knie blutete. Aber als sie sah, wie ihre Schwester einfach weiterrannte und als Erste auf einen der Klingelknöpfe drückte, jaulte Lotte los wie eine Feuersirene.

Eine Klingel hätten wir nun nicht mehr gebraucht. Man konnte uns sowieso noch drei Straßen weiter hören. Aber egal. Die Tür öffnete sich, und eine blonde Frau in einem eleganten Kostüm begrüßte uns. Oder besser: Sie versuchte es. Man konnte vor lauter Lotte-Gebrüll leider nicht hören, was sie sagte. Aus den Business-Klamotten, den Unterlagen, die sie unterm Arm trug, und den Hand- und Mundbewegungen, die sie machte, schloss ich, dass es sich um die Maklerin handeln musste, die das Haus verkaufte. Sie gab uns allen die Hand, und wir machten auch ein paar passende Mundbewegungen.

Die Maklerin war gerade bei Leo angelangt, als die brüllende

Lotte ganz plötzlich den Mund zuklappte und verstummte. Leider. So konnten alle hören, wie Leo »Popofrau!« sagte und sich dann kringelig lachte.

Wer jetzt glaubt, dass Leos Eltern irgendetwas unternahmen, um ihren Jüngsten zu erziehen, der irrt. Und sie entschuldigten sich auch nicht bei der Maklerin. Sie sagten – gar nichts. Stattdessen lächelten sie die Maklerin nur an, etwas verlegen und als würden sie um Nachsicht bitten.

Die Maklerin wirkte zuerst ein bisschen hilflos, aber dann gewann sie ihre Fassung zurück und öffnete eine Ledermappe. »Ich erzähle Ihnen erst mal etwas über das Haus, bevor wir es ansehen. Das Gebäude wurde Mitte des neunzehnten Jahrhunderts im Stil der Neurenaissance erbaut«, sagte sie mit Profi-Stimme. »Architekt war Ferdinand Schnatter.« Die Zwillinge kicherten an dieser Stelle, und Klein-Leo machte mit Donald-Duck-Stimme Quak-Geräusche. Aber die Frau war taff. Sie sprach einfach weiter. »Es wurde im vergangenen Jahr von Grund auf saniert, weshalb derzeit alle Wohnungen leer stehen. Nur die Ladenfläche im Erdgeschoss ist bereits verkauft, dort werden Antiquitäten angeboten, das macht aber weder Lärm noch Dreck, und die Kundenzahl hält sich in Grenzen, das wird Sie also garantiert nicht stören. Neben der Ladenfläche gibt es ebenerdig eine kleine Wohnung, die sich gut für Senioren eignet.« Sie nickte Opa zu. »In der ersten Etage befindet sich eine große Wohnung, die sich über die gesamte Etage erstreckt, ideal für eine Familie mit vielen Kindern.« Bei diesen Worten sah sie Tante Gwenny und Onkel Marius an. »Im Stockwerk darüber befindet sich links ein geräumiges Einzimmerapartment, wie geschaffen für einen Studenten.« Ihr Blick wanderte zu Basti, der schafsähnlich grinste. »Und rechts daneben liegt ein besonders interessantes Objekt, eine Maisonettewohnung, die sich über zwei Geschosse erstreckt. Küche, Wohnzimmer, Arbeitszimmer und ein Schlafzimmer samt Bad befinden sich im unteren Bereich, zwei kleinere Zimmer mit einem weiteren Bad liegen unter dem Dach. Dort oben hat man eine grandiose Aussicht.« Jetzt lächelte sie mich an. Es war ganz offensichtlich, dass die geplante Hauseinteilung längst mit ihr besprochen war. Ich hatte richtig vermutet: Mein Besuch hier war reine Formsache, das alles war ein abgekartetes Spiel.

Aber ich konnte darüber erst mal nicht nachdenken, denn jetzt meldete sich Lilith zu Wort. Und da zeigte sich, dass sie nicht wirklich reifer und cooler war als ihre Geschwister. »Wer zuerst oben ist, darf sich ein Zimmer aussuchen!«, brüllte sie. »Auf die Plätze, fertig, los.« Und die vier Chaoskinder rasten los. Sie quetschten sich an der Maklerin vorbei ins Treppenhaus, trampelten die Treppe hoch und verschwanden aus unserem Blickfeld. Aber wir hörten sie noch. Zumindest eins von ihnen, es brüllte nämlich. Vermutlich war es hingefallen, als sich die vier durch die Eingangstür ihrer zukünftigen Wohnung gedrängelt hatten.

Und Onkel und Tante? Was taten die? Richtig! Wieder nichts. Zufrieden stellte ich fest, dass nicht nur die Maklerin irritiert wirkte. Auch Jojo sah verwundert aus.

Eine Stunde später hatten wir das Haus besichtigt, und ich musste zugeben, dass es wirklich schön war. Die oberste Wohnung, die ja offenbar für uns drei vorgesehen war, gefiel mir besonders gut. Sie war groß, und die beiden Dachzimmer, die anscheinend für mich bestimmt waren, wirkten dank der schrägen Wände gemütlich. Außerdem hatte ich da oben ein eigenes Bad und war weit weg vom Familienchaos. Eigentlich toll. Aber ich wollte trotzdem nicht in diesem Haus wohnen, das fühlte ich ganz deutlich. Zumindest nicht mit dieser Familie. Ich merkte es, als Goofy, äh, Basti wieder einmal eine seiner gefürchteten Endlosreden hielt, irgendwas Philosophisches zum Thema Wohnen. Seine Ausführungen dazu waren sehr langatmig und sehr unnötig. Ich fühlte es wieder, als die vier Monsterkids die Dachluke entdeckt hatten, die vom Treppenhaus auf den Speicher führte. Sie schafften es, mit einem Haken nach der Leiter zu angeln, sie auszuziehen und hochzuklettern. Und das enorme Getrampel, mit dem sie über den Dachboden hoppelten, hörte sich in »meinen« Zimmern an wie eine Horde Wildpferde auf einer Holzbrücke. Und schließlich spürte ich meine gigantische Abneigung gegen diesen Plan bei der Besichtigung des total verwilderten, winzigen Hinterhofs, in dem sich Bauschutt türmte. Als mein Vater sagte »Hier werden wir alle viel Zeit miteinander verbringen«, klang das für mich eindeutig wie eine Strafe.

Tja, und ein letztes Mal dachte ich »Ich will das nicht«, als wir alle vor der Haustür standen, die Köpfe in den Nacken legten und die historisch angeblich bedeutende Fassade des Hauses betrachteten. Denn da oben entdeckten wir den kleinen Leo. Er hatte sich unbemerkt in die oberste Wohnung geschlichen und war an einem geöffneten Fenster aufs Fensterbrett geklettert.

Da stand er nun, zum Glück innen, aber doch in einer Höhe von mindestens zehn Metern, und strahlte auf uns runter, nur einen winzigen Schritt vom sicheren Tod entfernt. Wir anderen waren alle unten und starrten hoch. Die Zeit blieb stehen; ich konnte nicht mehr atmen vor Schreck. Bei allem Geschimpfe über Little Leo, irgendwie mochte ich ihn doch ziemlich gern.

Zum ersten Mal an diesem Tag kam jetzt Bewegung in seine Eltern. »Bleib, wo du bist!«, kreischte Tante Gwenny. Und Onkel Marius startete wie ein Sprinter, beschleunigte in wenigen Sekunden von null auf hundert und rannte ins Haus und die Treppe hoch, um seinen Jüngsten zu retten.

»Leo!«, rief Tante Gwenny mit donnernder Stimme. »Bleib ganz ruhig stehen, und tu einfach gar nichts! Hörst du, Leo? Ganz ruhig! Und halt dich fest! Mit beiden Händen!«

Aber Leo blieb nicht ruhig stehen. Ich glaube, er kann das einfach nicht. Es ist in seinen Genen nicht vorgesehen. Er löste die rechte Hand vom Fensterrahmen, an dem er sich festgehalten hatte, krähte »Popofrau« und winkte uns fröhlich zu. Doch bevor er sich kringelig lachen konnte und dabei vielleicht abgestürzt wäre, tauchte zum Glück Onkel Marius hinter ihm auf, schnappte ihn und zog ihn vom Fensterbrett ins Innere der Wohnung. Puh!

»Vielen Dank, dass wir das Haus sehen durften«, sagte ich zu der Maklerin, bevor die anderen aus ihrer Erstarrung erwachen konnten. »Aber ich glaube, für uns eignet es sich nicht. Wir suchen etwas anderes. Etwas … weniger Aufregendes.«

Tante Gwenny sah mich erstaunt an, die Maklerin zog fragend

eine Augenbraue hoch, und meine Mutter warf mir einen langen Blick zu. Einen sehr langen. Ich rechnete fest mit einem Rüffel, aber plötzlich wandte sich meine Mutter ab und lächelte die Maklerin an. »Wir melden uns«, sagte sie freundlich. Sonst nichts. Und sie blinzelte ihr auch nicht zu.

Ich atmete erleichtert auf. Sie hatte nicht widersprochen! Noch war also offenbar nichts beschlossen, es gab vielleicht doch noch eine Chance.

Jetzt wollte ich nur noch weg und Jojo fragen, was sie von der Sache hielt. Rasch verabschiedete ich mich von allen. Aber wo war Opa? Seit mindestens einer halbe Stunde hatte ich ihn nicht mehr gesehen. »Warte mal kurz, ich komme gleich wieder«, sagte ich zu Jojo und ging zurück ins Haus, denn ich wollte mich unbedingt von ihm verabschieden. Aber ich fand ihn nicht.

Und dann, als ich im Treppenhaus stand, hörte ich seine Stimme. Sie drang durch die angelehnte Tür, die in das Antiquitätengeschäft führte. Vorsichtig öffnete ich sie, und tatsächlich, da stand er und unterhielt sich mit einer älteren Dame, die offenbar die Besitzerin des Ladens war. Sie redeten über alte Möbel, ein Thema, bei dem Opa sich gut auskannte, schließlich war er mal Schreiner gewesen. Die Dame sah mich, lächelte, streckte mir die Hand entgegen und sagte: »Wunderlich.«

Fast hätte ich geantwortet: »Oh, Sie auch? Sind Sie Einzelkind?« Aber dann kapierte ich, dass das wohl ihr Name war. Sie hatte kinnlange schneeweiße Haare, ein freundliches Gesicht und roch tatsächlich nach Lavendel.

»Bist du Theresa?«, fragte sie und ich nickte.

»Woher wissen Sie das?«
Opa antwortete an ihrer Stelle. »Ich habe gerade etwas für dich gekauft.« Seine Augen blitzten fast so wie an Weihnachten, wenn ich meine Geschenke auspacke. Dann freut er sich immer wie ein Schneekönig.
»Oh! Was denn?«, wollte ich wissen.
Er zog ein Buch aus einer Papiertüte und hielt es mir hin. Hmmm. Was sollte ich sagen? Das Buch war mit hellgrünem Stoff bezogen und ein bisschen vergilbt. Die goldenen Buchstaben waren verblichen, sodass ich nicht erkennen konnte, wie es hieß.
»Na?«, fragte Opa. »Sieht das nicht so richtig langweilig aus? Wirkt das nicht genau wie die Sorte Buch, die du niemals aus dem Regal nehmen und aufschlagen würdest?«
Ich nickte betreten.
»Wunderbar!«, sagte er. »Dann klapp es mal auf.«
Ich nahm das Buch und öffnete es. Hammer! Das war ja gar kein Buch, die Seiten sahen nur von außen aus wie Seiten. In Wahrheit war das eine abschließbare Geheimschachtel, getarnt als Buch. Ein kleiner goldener Schlüssel lag darin.
»Oh, danke«, sagte ich gerührt.
»Na, ich dachte, wenn du schon in ein Haus mit lauter kleinen Quälgeistern ziehst, musst du doch ein Geheimversteck für alles haben, was dir wirklich wichtig ist.«
Er lächelte mich an, und in diesem Moment hatte ich nicht den Mut, ihm zu sagen, dass ich nie und nimmer in dieses Haus ziehen würde. »Danke«, wiederholte ich stattdessen, umarmte ihn und drückte einen Schmatzer auf seine kratzige Wange.

»Hier, nimm diese Tüte und versteck es darin, damit die kleinen Monster nicht sehen, was du da hast«, sagte er und lächelte verlegen.

Als Opa und ich wenig später das Geschäft verließen, hatte er richtig rote Bäckchen vor Glück. »Frau Wunderlich hat da ein paar ganz wundervolle Stücke, aber man könnte sie noch aufpolieren. Ich könnte das tun, wenn wir hier wohnen. Vielleicht kann sie mich brauchen.«

Dabei sah er so hoffnungsvoll aus, dass seine Worte mich mitten ins Herz trafen. Opa ist nämlich schon lange kein typischer Nachfahre von Ignatz Walter mehr. Seit Omas Tod vor zwei Jahren ist er ganz still geworden. In diesem Moment kam mir zum ersten Mal der Gedanke, dass das vielleicht nicht nur daran lag, dass er Oma vermisste. Vielleicht fehlte ihm auch einfach jemand, der ihn noch so richtig brauchte.

Mist. Das passte so gar nicht in mein Konzept. Opa benötigte dringend eine Beschäftigung. Aber musste es denn die Großfamilie sein? Das ginge doch vielleicht auch anders.

Theresa Walter
Fichtenstraße 70
60322 Frankfurt

An die Casting-Agentur
»Je oller, je doller«
Seniorenmodels für Film und Fernsehen
Hauptstraße 114
60311 Frankfurt

29. Mai

Betreff: mein Opa

Sehr geehrte Damen und Herren,

nichts gegen Mario Adorf. Ich finde ihn als Schauspieler richtig gut. Mit seinen weißen Haaren, seinem weißen Bart und seinen schwarzen Augenbrauen sieht er ein bisschen aus wie der Weihnachtsmann, deswegen ist er natürlich ideal für Kinderfilme, in denen nette ältere Herren vorkommen. Es ist nur so: Man hat ihn jetzt einfach schon sehr oft gesehen. Und die meisten Großväter sehen außerdem gar nicht so aus wie Mario Adorf. Nicht mal so ähnlich. Ehrlich, ich kenne keinen mit weißen Haaren und einem weißen Bart. So sahen Großväter eher früher aus. Vor hundert Jahren.
Wenn Sie also mal für einen modernen Film einen anderen

Großvater brauchen, dann sollten Sie unbedingt meinen Opa Viktor Walter kennenlernen. Er sieht richtig gut aus. Also, für sein Alter. Und er hat kaum Haare und keinen Bart, das wäre mal eine schöne Abwechslung zu Mario Adorf. Außerdem hat er die liebsten Augen der Welt, und das sage nicht nur ich. Ich glaube auch, dass er ein guter Schauspieler wäre, und Zeit hätte er auch.

Falls Sie ihn brauchen können, schreiben Sie bitte erst mal an mich. Ich muss ihn dann noch überreden. Aber das schaffe ich garantiert. Er ist überhaupt nicht kompliziert und zickig, und ich bin sicher, dass die Arbeit beim Film genau das Richtige für ihn wäre. Er braucht mal ein bisschen Abwechslung. Das macht er also ganz bestimmt.

Viele Grüße

Theresa Walter, Enkeltochter

4

Wieder zu Hause machte ich erst mal eine Liste. Vielleicht konnte ich den Umzug ja doch noch verhindern. Nur wie? Ich hatte schon ein paar Ideen gesammelt, wie ich weiter vorgehen konnte, und die schrieb ich jetzt alle auf:

- weniger wunderlich sein
- neudumm sein
- Leben und Chaos in die Bude bringen
- und dann doch noch: nach Spanien reisen. Raus aus der Schublade »nett«. Rein in ein neues Leben.

Diese Liste heiterte mich nicht gerade auf, denn wenn das überhaupt funktionieren würde, dann erst nach wochenlanger Vorarbeit. Und so viel Zeit hatte ich nicht. Vielleicht sollte ich es stattdessen lieber mit guten Argumenten versuchen. Nicht hintenrum, sondern direkt.

Beim Abendessen im Kreise der Familie, oder genauer, im Kreise der Kleinfamilie, sprach ich das Thema Umzug daher noch einmal an.

»Mehrfamilienhäuser heißen *Mehr*familienhäuser, weil darin *mehr* Familien als nur eine wohnen«, sagte ich. »Das ist eine schöne Sitte, es gibt gute Gründe dafür, und man sollte dabei bleiben!«

Meine Eltern sagten nichts.
Ich versuchte es noch einmal: »Das ist jetzt nicht persönlich gemeint. Aber habt ihr schon mal darüber nachgedacht, warum die Helden in vielen erfolgreichen Jugendbüchern im Internat leben? Oder auf einer einsamen Insel? Das liegt daran, dass man mit vierzehn einfach nicht sooo an Familie interessiert ist. Man hat andere Interessen, das ist ein Naturgesetz.«
Mein Vater sah mich an und seufzte. Das war immerhin eine erste Reaktion. Meine Mutter dagegen schmierte sich Butter auf ihr Vollkornbrot, als hätte ich nichts gesagt. Okay, ich hatte noch mehr Argumente. Jojo, die nach der Hausbesichtigung sehr mitfühlend gewesen war, hatte das Thema für mich gegoogelt und mich mit Argumenten versorgt. Und jetzt kam mein Joker. »In Deutschland leben weniger als ein Prozent aller Menschen zusammen mit der Großfamilie«, sagte ich und sah die beiden durchdringend an. »Wusstet ihr das? Und auch das hat Gründe. Wissenschaftler haben nämlich festgestellt, dass Streit und Stress innerhalb der Familie das Sterberisiko erhöhen! Leute, elf Walters unter einem Dach, da sind wir alle so gut wie tot!«
Als ich das mit dem Streit und dem Sterberisiko sagte, zuckte mein Vater deutlich erkennbar zusammen. Es gibt nämlich unglaublich viele Streitthemen in unserer Familie, und an die dachte er jetzt bestimmt. Sie liegen bei uns einfach in der Luft. Mein Cousin Basti zum Beispiel liebt Musik, und zwar von der Sorte, die etwa 98 Prozent der Menschheit nicht mal als Musik erkennen würde. *Thrash Metal* nennt sich der Krach. Dabei werden die E-Gitarren so heftig gedroschen, dass sie klingen

wie Maschinengewehre. Das erträgt man nicht mal, wenn er Kopfhörer benutzt und nur ein Bruchteil der Schallwellen nach außen dringt. Zu Hause benutzt er aber nie Kopfhörer. Und er hat selbst mehrere E-Gitarren und spielt sie gut, denn er übt oft.

Ich sagte daher zu meinem Vater: »Wetten, dass Bastis Musikgeschmack der Grund dafür ist, dass seine Eltern ihm ein Studium so weit weg von zu Hause finanzieren? Und weißt du auch, warum sie ihm diese Wohnung kaufen wollen? Na, warum wohl?! Die wissen genau, dass kein normaler Nachbar diesen Krach hinnimmt, ohne die Polizei zu rufen.«

Mein Vater erbleichte, und ich spürte, dass ich auf dem richtigen Weg war. »Mensch, Daddy, überleg doch mal, und du arbeitest nachmittags von zu Hause aus. Wie willst du denn bei dem Lärm Klausuren korrigieren?«

Er atmete tief ein und dann stockend wieder aus.

»Und Basti ist nicht der Einzige«, fuhr ich fort. »Da ist auch noch Lilith. Sie spielt Trompete, wusstest du das? Und Lucy und Lotte haben Klavierunterricht. Ach ja, und Leo ist begeistert von seiner Blockflöte. Leider kann er nur ein einziges Lied. ›Old McDonald had a farm‹. Dafür spielt er es umso öfter, ja, das tut er, Tag und Nacht. Okay, bestimmt kommt irgendwann ein zweites Lied dazu. Bei seinem Fleiß muss er das ja irgendwann schaffen. Auch wenn er musikalisch nun wirklich nicht besonders begabt ist.«

Ich beobachtete zufrieden, wie mein Vater nach Luft schnappte. Klar, er war Lärm gewöhnt, er lebte schließlich seit vielen Jahren mit meiner Mutter und mir zusammen. Aber wir waren

nur zwei, und uns hatte er ein bisschen dressiert. Wir konnten leise und gesittet sprechen und schlossen sogar die Zimmertüren ohne Knall. Alle anderen Walters aber waren noch so, wie die Natur sie geschaffen hatte. Ich setzte noch einen drauf. »Und dann ist da noch Opas Werkstatt. Fräsen. Hobeln. Bohren. Schleifen. Was man halt so macht als Schreiner. Tja, und wusstest du, dass Tante Gwenny einen Singkreis hat? Und Onkel Marius gern grillt? Auf dem Balkon? Am liebsten Fisch?«
Jetzt hatte ich es fast geschafft. Mein Vater war grün um die Nase, er schien reif für den Rückzug. Aber da schaltete sich meine Mutter ein. »Na und?«, fragte sie. »Dann grillen wir eben alle. Lieber zusammen grillen als alleine schmoren.«
Und dann sagte sie, dass die Werkstatt von Opa im Keller sein würde und wir oben unterm Dach wohnen würden. Und dass Basti fast immer in der Uni sein würde. Und wenn er da nicht wäre, dann müsse er lernen, denn so ein Studium sei heutzutage nicht mehr so locker wie früher. Und die Trompete von Lilith wäre übrigens schon lange kaputt. Und kein Kind, nicht mal Leo, würde länger als ein paar Wochen Blockflöte spielen, bis zum Umzug sei das garantiert vorbei. Und in den Singkreis von Tante Gwenny wollte sie angeblich sowieso schon längst selbst eintreten. Außerdem sei es ihr persönlich viel lieber, wenn all der Krach, den man in jedem Mehrfamilienhaus nun mal einfach von seinen Mitbewohnern hören musste, von lieben Menschen kam. Von Leuten, an die man mit warmen Gefühlen dachte und denen man es offen und freundlich sagen konnte, wenn sie mal ein bisschen leiser sein sollten. Also von der eigenen Familie.

Ich änderte spontan die Strategie und zückte ein Argument, das gar nicht auf meiner Liste stand. Ich sah meine Mutter mit gespielt unschuldigen Augen an und fragte: »Aber wäre es nicht schöner, mit Leuten zusammenzuwohnen, die auch mal auf das reagieren, was du zu ihnen sagst?«

»Wie meinst du das?« Sie sah mich misstrauisch an.

»Also mal ehrlich, ich habe noch nie so schlecht erzogene Kinder gesehen wie diese vier Mini-Monster. Und noch nie Eltern, die ihre Kinder so wenig erziehen. Wenn du denen sagst, dass sie leiser sein sollen, dann passiert garantiert gar nichts.«

»Tess, das sind ganz normale Kinder.« Meine Mutter zuckte mit den Schultern. »Sie tun, was Kinder eben tun. Es sind nur einfach vier, deswegen kommen sie einem lauter vor als andere.«

»Normal?«, fragte ich. »Nur mal angenommen, ich hätte wildfremde Leute einfach so Popofrau genannt. Was hätte ich mir da von euch anhören müssen! Und was machen Tante Gwenny und Onkel Marius? Nichts! Das geht doch so nicht!«

Meine Mutter nickte. »In der Tat, Gwenny und Marius reagieren nicht auf jede winzige Provokation, und das ist klug.« Sie sah die Skepsis in meinem Gesicht. »Weißt du, wie Leitwölfe ihre Welpen erziehen?«, fragte sie. Ich antwortete nicht, denn das war so eine typische Lehrer-Frage, die sowieso nur als Einleitung für eine belehrende Rede diente und gar nicht nach einer Antwort verlangte. Und tatsächlich fuhr sie ohne Pause fort: »Weißt du, was erfahrene alte Wölfe tun, wenn sie in der Sonne liegen und beobachten, dass sich eins der Kleinen schlecht benimmt?« Sie schnitt eine Tomate, während sie sprach, und legte die Scheiben auf ihr Brot.

Ich antwortete wieder nicht, aber das störte meine Mutter nicht.

»Sie heben den Kopf«, sagte sie. »Ganz langsam. Und dann drehen sie ihn zur anderen Seite und legen ihn so ab, dass sie den nervigen Welpen nicht mehr sehen müssen. Das war's. Verstehst du? Sie sonnen sich einfach weiter und tun nichts. In der Erziehung gilt nämlich: Vieles hört viel schneller auf, wenn man ihm keine Beachtung schenkt.«

»Ach«, sagte ich. »Und warum macht ihr das nicht mal bei mir? Warum erzieht ihr dauernd an mir rum? Seht doch auch bei mir mal weg, wenn ich mich schlecht benehme!«

»Aber das tun wir doch«, sagte Mama sanft und sah mich wieder so an wie heute Nachmittag vor der Maklerin. Und dann drehte sie den Kopf weg und widmete sich ihrem Tomatenbrot. Okay, ich hatte verstanden. Aber ich gab trotzdem nicht auf. »Ich bin kein Wolfswelpe. Ich bin auch ein Teil unserer Familie«, sagte ich. »Genau genommen bin ich ein Drittel vom Ganzen. Und ich bin immerhin vierzehn, also kein Kind mehr. Und ich will nun mal nicht mit der ganzen Sippe zusammenwohnen. Das müsste in dieser Diskussion doch echt mal eine Rolle spielen!« Den letzten Satz sagte ich lauter, als das bei uns bei Tisch üblich ist, und mein Vater zuckte wieder zusammen. Aber meine Mutter tat das, was sie immer tut, wenn ich lauter werde: Sie wurde leiser. Das war bestimmt auch so eine Wolfstechnik. »Du möchtest also erwachsen behandelt werden?«, fragte sie. »Okay, das verstehe ich. Pass mal auf, Tess, wir reden jetzt mal offen, und ich erwarte, dass du für dich behältst, was ich dir jetzt sage.«

Ich schluckte und nickte.
»Hast du Opa mal genauer angesehen?«, fragte sie.
Ich zuckte hilflos mit den Schultern. Klar. So genau, wie man seinen Opa halt ansieht.
Meine Mutter hatte plötzlich ganz traurige Augen. »Ihm geht es nicht gut. Er kommt allein nicht mehr klar. Er braucht Hilfe.«
Ich holte tief Luft, um etwas zu sagen, klappte aber meinen Mund wieder zu, denn sie sprach schon weiter. »Und hast du Marius und Gwenny mal angesehen? Die sind reif für eine Kur, aber das ist jetzt einfach nicht drin.« Sie zögerte kurz. »Und ich weiß, Basti nervt dich, aber er ist gerade mal achtzehn und muss sich in einer fremden Stadt an der Uni zurechtfinden. Das ist ganz schön happig. Und er ist ja wirklich nicht der Schnellste.«
»Lass mich raten«, sagte ich resigniert. »Basti braucht also auch Hilfe.«
Sie nickte.
»Und wir?«, fragte ich ganz leise. »Was brauchen wir?«
Sie sah mir direkt in die Augen. »Tess, du bist viel zu viel allein. Doch, sag nichts, du weißt, dass das stimmt. Aber dein Vater und ich, wir können nicht öfter zu Hause sein. Es ist wahr, wir brauchen die anderen auch.«
Ich schwieg eine Weile. Wir brauchten die anderen natürlich nicht. Wir waren vierzehn Jahre lang ohne sie ausgekommen. Aber das mit Opa hatte mich getroffen, das hatte ich ja selbst schon überlegt. »Aber irgendwo ist da doch ein Denkfehler«, dachte ich laut. »Wenn alle Hilfe brauchen, wer ist dann eigentlich derjenige, der hilft?«

»Jeder hilft jedem, dann ist allen geholfen«, erklärte mein Vater. Am liebsten hätte ich jetzt gesagt: »Ähm, könnte dann nicht lieber jeder sich selbst helfen? Das würde doch rein mathematisch betrachtet genauso gut aufgehen.« Aber ich wusste genau, dass sie das nur wieder als Einzelkindmarotte werten würden. Tja, und das war der Punkt in unserem Gespräch, an dem ich begriff, dass ich verloren hatte. Mit Argumenten war hier nichts zu machen. Der Umzug war doch schon längst beschlossen. Ich konnte nur noch eins tun: Alle Mitglieder meiner Großfamilie behandeln wie ein Leitwolf seine Welpen. Hinnehmen, aber weggucken. In Gedanken stimmte ich ein melancholisches Wolfsgeheul an. Awuuuuuuu.

Theresa Walter
Fichtenstraße 70
60322 Frankfurt

An das
Bundesministerium der Justiz
Mohrenstraße 37
10117 Berlin

31. Mai

Betreff: Gesetzesänderung für Vierzehnjährige

Sehr geehrte Damen und Herren,

ich weiß, dass es lange dauert, wenn man ein Gesetz ändern will. Zu lange, als dass ich noch was davon haben würde. Aber ich will trotzdem eine Gesetzesänderung für Jugendliche anregen, denn ich möchte auch an die denken, die nach mir aufwachsen. Denen kann ich mit meiner Idee vielleicht noch nützen.
Und hier ist mein Änderungsvorschlag: Es ist ja so, dass man mit vierzehn strafmündig ist. Der Gesetzgeber traut einem also in diesem Alter zu, dass man reif genug ist, um zu kapieren, was verboten und was erlaubt ist. Und ich finde das richtig.
Was ich aber überhaupt NICHT verstehe, ist die Tatsache,

dass man mit vierzehn in seinem Leben über so gut wie nichts bestimmen darf. Zum Beispiel darf man nicht mitreden, wo man wohnen will oder mit wem. Dabei ist das doch viel einfacher zu beurteilen als die Frage, was man darf und was nicht. Ich konnte es erst gar nicht glauben, aber meine Freundin hat das gegoogelt, und sie sagt: Nur wenn sich die Eltern trennen, darf man ab vierzehn mitbestimmen, bei wem man lieber wohnen will. Aber wenn die eigenen Eltern zusammenbleiben, hat man nichts zu sagen, dann ist man ihnen ausgeliefert.

Ich verstehe das nicht. Auf den Samoa-Inseln ist man mit vierzehn volljährig und darf alles selbst bestimmen. Und hier darf man nicht mal über seinen Wohnort mitentscheiden. Das kann doch nicht sein.

Ich möchte Sie daher bitten, Jugendlichen ab vierzehn nicht nur Pflichten und Strafen zuzugestehen, sondern auch ein paar Rechte.

Mit freundlichen Grüßen

Theresa Walter, strafmündig

5

Ich häkelte keine Topflappen mehr. Ich diskutierte auch nicht mehr über den Umzug. Stattdessen trauerte ich still um meine geplatzten Spanienträume. Ich wusste zwar, dass ich verloren hatte, aber irgendwo in meinem tiefsten Inneren hoffte ich wohl noch immer, dass meine Eltern es sich anders überlegen würden, wenn ich reif, sozial und vernünftig wirken würde. Aber das taten sie nicht. War ja klar. Und auch das mit dem Weggucken nach Art des Wolfes war gar nicht so einfach. Das zeigte sich Wochen später, am ersten August, dem Tag unseres Umzugs. Das war ein rabenschwarzer Tag in meinem Leben. Um sieben klingelten die Möbelpacker an unserer Tür, da war ich noch im Nachthemd. Kein Problem, dachte ich, meine Eltern mussten mit ihnen ja sowieso erst alles besprechen. Also schlurfte ich in meinem üblichen Morgentempo ins Bad, wobei hier die Betonung auf Schlurfen liegt, nicht auf Tempo. Ich bin nicht so der Morgenmensch.

Als ich geduscht hatte, fühlte ich mich dem Tag gewachsen, aber leider nur ungefähr sechzig Sekunden lang. So lange dauerte es nämlich, bis ich die Badezimmertür geöffnet, im Slalom um die Kisten im Flur gehuscht war und einen Blick in mein Zimmer geworfen hatte.

Schock! Da, wo eben noch mein Schrank gestanden hatte, waren nur noch Staubflusen auf dem Boden. Sonst nichts. Mein Schrank und die Kisten mit meinen Klamotten waren schon im LKW! Ich rannte im Nachthemd zu meinen Eltern und versuchte ihnen meine Situation klarzumachen, aber meine Mutter ignorierte meinen Nervenzusammenbruch komplett. »Wage es ja nicht, irgendetwas aus diesem Laster wieder herauszuholen«, drohte sie mir mit unheilvoller Mutterdrachenstimme.
»Und was zieh ich dann an?«, piepste ich mit meiner jämmerlichsten Kükenstimme zurück.
Normalerweise kann ich ihr Herz damit rühren. Diesmal nicht.
»Nimm irgendwas aus dem Dreckwäschekorb im Bad«, haute sie im Feldwebelton raus, und dann bellte sie mir weitere Befehle zu: »Anziehen! Und dann sofort in die Küche! Frühstücksgeschirr spülen. Einpacken! Aber schnell!«
Huch! Also, das ging ja wohl gar nicht. Erstens: Was war denn das für ein Tonfall? Ich hatte wirklich viel Verständnis für gestresste Menschen, ich war nämlich SELBST GESTRESST, aber ein Mindestmaß an Höflichkeit sollte man doch auch an Umzugstagen erwarten können. Und zweitens: Im Dreckwäschekorb lagen nur ein zerknitterter Minirock und das T-Shirt mit Tomatensoßenfleck. Und wenn ich was so richtig durch und durch hasse, dann sind es T-Shirts mit Flecken.
Es. Ging. Nicht.
Also schloss ich mich im Bad ein, rief Jojo an und klagte ihr mein Leid. Natürlich versprach sie sofort, mir saubere Klamotten vorbeizubringen. Und bis sie da sein würde, zupfte ich mir eben im Badezimmer die Augenbrauen. Im American Style.

Wie das geht, hatte ich in einer Zeitschrift gelesen: Die Brauen steigen, von der Nasenwurzeln aus betrachtet, erst mal leicht nach oben an und nach zwei Dritteln kommt dann ein Knick, dann gehen sie nach unten. Und um diesen Knick hinzukriegen, muss man vorsichtig oben und unten genau die richtigen Härchen wegzupfen. Aber bloß nicht zu viele, und das ist gar nicht so leicht.

Das wusste ich damals leider noch nicht. Die linke Braue wurde ganz gut, aber bei der rechten hatte ich etwas falsch gemacht. Sie saß jetzt höher als die linke, und ich hatte plötzlich denselben Gesichtsausdruck wie mein Physiklehrer, wenn ich im Unterricht etwas sage. So eine Mischung aus fragend, skeptisch und verzweifelt, wie man eben aussieht, wenn man eine einzelne Augenbraue hochzieht. Nur dass mein Physiklehrer diesen Ausdruck ändern konnte. Ich nicht. Mein Versuch, die Braue mit einem Bürstchen etwas tiefer zu stylen, scheiterte.

Egal. Der Gesichtsausdruck passte zu meiner Stimmung. Ich war definitiv fragend, skeptisch und verzweifelt.

Nach einer Viertelstunde – oder war es eine halbe? – wummerte jemand an die Badezimmertür. Jojo. Sie brachte mir Unterwäsche, eine Jeans und ein sauberes T-Shirt, und so angezogen fühlte ich mich wieder wie ein Mensch. Allerdings nur knapp eine Minute. Dann entdeckte meine Mutter, dass ich nicht in der Küche gewesen war, und ein Donnerwetter brach über mich herein. Es endete mit den Worten: »DAS wird Konsequenzen haben! Und du brauchst mich jetzt gar nicht so skeptisch anzugucken.«

Dabei guckte ich gar nicht skeptisch, aber das konnte sie natürlich nicht wissen.
Da Jojo wusste, warum ich so aussah, versuchte sie mühsam, ihr Grinsen zu verbergen. Leider klappte das nicht. Das machte die Sache nicht besser. Meine Mutter schnaubte jetzt wie ein Stier kurz vorm Angriff, und einen Moment lang kam es mir so vor, als würden sogar ihre Augäpfel rot glühen.
Zum Glück griff mein Vater ein. »Warum gehst du nicht einfach schon mal rüber in die neue Wohnung, Tess?«, fragte er.
»Okay. Klar. Mach ich.« Ich zuckte mit den Schultern und sah zu, dass ich wegkam.
Jojo begleitete mich noch ein Stück, dann verabschiedete sie sich. Sie wollte ins Freibad, die Glückliche! Am liebsten hätte ich mir von ihr auch noch einen Bikini geliehen und wäre mitgekommen. Aber ich musste ja einen auf Familie machen, und da war es vermutlich sinnvoll, zur Abwechslung mal einen guten Eindruck zu hinterlassen.
Mir war schon klar, dass das eben kein Glanzstück gewesen war. Wir hätten das auch netter regeln können. Ja, ich gebe es zu, da war eine Spur von Reue in mir, obwohl meine Mutter mich wirklich ungerecht behandelt hatte. Vielleicht wäre das T-Shirt mit dem Fleck doch gegangen, wer sah mich denn heute schon? Ich hätte ihr wirklich helfen können.
Ich beschloss daher, Opa zu besuchen. Meinen freundlichen, klugen, knuddeligen Lieblingsopa. Er wohnte schon ein paar Tage im neuen Haus, und ich hatte noch gar nicht gesehen, wie er sich eingerichtet hatte.

Vor der Tür unseres neuen Hauses zu stehen war ein seltsames Gefühl. An jeder Klingel stand der Name Walter. Bei uns stand außerdem auch noch Wichmann dran, denn so heißt mein Vater. Und in der Mitte stand Brenner, der Nachname meines Onkels. Weit und breit nur Familie, oben, unten und in der Mitte. Gruselig.
Ich klingelte, und es dauerte eine ganze Weile, bis Opa die Tür öffnete. Er trug einen grauen Kittel, der über und über mit Farbe bekleckst war. Seine Brillengläser hatten weiße Pünktchen, auf der Glatze trug er eine besprenkelte Kappe, und in der Hand hielt er eine Farbrolle. Als er mich sah, lächelte er. »Ich streiche gerade das Bad.«
»Das sieht man.« Ich folgte ihm in die Wohnung.
»Alles klar bei dir?«, fragte er mich und musterte mich genau.
»Ja, wieso?«, fragte ich zurück.
Er zuckte mit den Schultern. »Du siehst irgendwie so … unschlüssig aus.«
Mist, meine Augenbraue! »Das täuscht«, sagte ich und beschloss, mir baldmöglichst einen Augenbrauenstift anzuschaffen.
Das Badezimmer war winzig, aber ziemlich hoch. »Ich mach das schnell fertig, sonst trocknet die Farbe, und es gibt hässliche Übergänge«, sagte Opa und stieg auf eine wackelige Leiter.
Das war eine mühsame Aktion. Jedes Mal, wenn die Farbe verbraucht war, musste er herunterklettern, um den Pinsel in den Farbeimer tunken zu können. Dann stützte er mit der Hand seinen Rücken, und wenn er wieder auf die Leiter stieg,

schnaufte er vor Anstrengung. Ich hatte Angst, dass er herunterfallen könnte.

»Wow, Opa, darf ich das machen?«, fragte ich. Ich sah ihn dabei mit großen Kulleraugen an, als wäre ich vier Jahre alt und das hier eine Kirmesattraktion wie Bälle werfen oder Karussell fahren. Ich wollte ihm die Arbeit abnehmen, aber ich wollte nicht, dass er sich alt fühlte, und deswegen musste ich es so hindrehen, als würde er *mir* einen Gefallen tun und nicht umgekehrt.

»Jooo«, sagte er zögernd. »Wenn du wirklich willst, dann mach du das mal.«

»Au ja!« Ein paar Minuten später stand ich in seinem unförmigen grauen Kittel im Bad, hatte seine Kappe auf dem Kopf und strich die Decke. Jojos Klamotten hatte ich im Wohnzimmer in Sicherheit gebracht, damit sie keine Kleckse bekamen, denn von oben tropfte Farbe auf mich herab. Opa war in der Küche und kochte Vanillepudding. Das tut er immer, wenn ich komme, weil er weiß, wie sehr ich Pudding mag.

Er rief mich, als er fertig war. Ich rieb mir gerade vorm Spiegel die Farbkleckse aus dem Gesicht, als ich auf einmal ein merkwürdiges Geräusch hörte. Klick. Da war es wieder. Klick. Klick. Jemand kicherte.

Ich fuhr herum und entdeckte an der Tür zwei pinkfarbene Gestalten, die wie der Blitz verschwanden. Lucy und Lotte, diese Ärgerzwerge. Na toll! Ich war sauer, denn jetzt musste ich meinen Pudding teilen und durfte dabei nicht mal mürrisch gucken, sonst war ich wieder nur ein egoistisches Einzelkind.

Aber Lucy und Lotte sausten gar nicht wie erwartet in die Kü-

che, wo Opa gerade den Pudding in Schälchen verteilte. Sie blieben im dunklen Flur stehen, beugten sich über etwas, das sie in den Händen hielten, und kicherten noch viel mehr.
Wie war das noch mit dem Leitwolf gewesen? Gar nicht beachten, hatte meine Mutter gesagt.
»Tehess?!?«, krähte Lotte. »Duhuuu?!?«
»Hmmm«, knurrte ich und drehte mich weg, ganz Alpha-Wolf.
»Wie schreibt man Cousine? Und popeln?«
»Warum willst du das wissen?«
»Für Feisbuk«, sagte Lotte.
»Für was???«, fragte ich. Und dann ging in meinem Kopf eine Alarmsirene los. Ich stürzte in den Flur, packte mir eine der beiden kleinen rosaroten Bazillen, vermutlich Lucy, und wand ihr das pinkfarbene Kästchen aus der Hand, das sie verzweifelt vor mir zu verstecken versuchte. Es entpuppte sich als Fotoapparat aus billigem Plastik, aber voll funktionsfähig. Und auf dem Display sah ich ein Foto. Von mir, wie ich in Opas sackartigem Kittel mit nackten Beinen vorm Spiegel stand und mir mit dem Finger die Nase sauberrubbelte. Aber weil ich die linke Nasenseite rieb und das Foto von rechts aufgenommen war, sah es aus, als würde ich in der Nase bohren, und als steckte mein Finger zentimetertief im Nasenloch.
»Ha, ha, ha«, sagte ich und löschte das Bild. »Das kommt garantiert nicht auf Facebook, du kleine Ratte.«
»Renn!«, rief da die rosarote Ratte ihrer Schwester zu. Und diesmal schaltete ich zu langsam. Die andere, vermutlich Lotte, sauste nämlich los, witschte durch Opas Wohnungstür, trampelte die Treppe hoch und verschwand.

»Hähähä«, sagte das Kind, das noch vor mir stand. »Sie hat auch eine. Und sie hat dich zwei Mal geknipst. Und auf ihren Bildern siehst du noch doofer aus. Und jetzt sag mal, wie schreibt man Cousine? Ich will das bei Feisbuk dazuschreiben.«
Entkräftet ließ ich meinen Arm sinken und sagte gar nichts.
»Egal«, krähte das kleine Monster. »Ich frag Mama.« Sie schnappte sich ihre Kamera und schwupp, war sie auch weg.
»Schlimm?«, fragte Opa, der aus der Küche gekommen war und Lucys Worte gehört hatte.
»Och«, sagte ich. »Wie man's nimmt. Sie hat ein Foto von mir geknipst, in dem ich aussehe wie ein Müllsack auf zwei Beinen, und durch die Perspektive wirkt es, als würde ich mit dem Finger in meinem Nasenloch nach einem Schatz graben. Das will sie jetzt auf Facebook stellen. Toll ist das nicht, aber es gibt vermutlich Schlimmeres.« War das nicht grandios großfamilientauglich, wie ich mich da verhielt? Und gleichzeitig war es auch eine Spitzenleistung in puncto wolfsmäßiges Wegsehen. Jeder Leitwolf wäre überaus stolz auf mich gewesen. Aber meine Stimme zitterte, als ich sprach, denn eigentlich stresste mich die Aussicht auf die ganzen Facebook-Kommentare total. Ich drehte mich weg, blinzelte ein paar Mal und atmete tief durch. Nach ein paar Sekunden ging es wieder.
»Pudding?«, fragte Opa.
»Pudding!«, antwortete ich mit fester Stimme.
»Fang schon mal an«, meinte Opa. »Ich geh mal eben nach oben und regele das.«
»Danke«, sagte ich. Und das meinte ich auch so, denn zu diesem Zeitpunkt wusste ich noch nicht, wie Opa Familiendinge

regelt. Ich saß daher ganz friedlich an seinem Tisch, aß Pudding und machte mir auf einem Zettel Notizen für einen Brief, den ich heute noch schreiben wollte. Aber der wurde nicht fertig.

Theresa Walter
Holzhauerstr. 63
60322 Frankfurt

Volkshochschule Frankfurt am Main
(VHS)!!!Adresse noch raussuchen!!!

Entwurf

1. August

Betreff: Kurs zum Thema »Richtig loben«

Sehr geehrte Mitarbeiterinnen und Mitarbeiter
der Volkshochschule,

~~ich finde ihr~~ mit großem Interesse habe ich Ihr Kursprogramm gelesen. ~~Aber da fehlt~~ Dabei ist mir in Ihrem Programm eine Lücke aufgefallen, die Sie unbedingt schließen sollten: Es gibt bei Ihnen keine Kurse, wie man richtig lobt.
Dabei ist ja im Alltag fast nichts so wichtig wie ein Lob. Also, ein richtiges Lob. Und dabei kann man ~~eine Menge~~ viel falsch machen. Manchmal wird viel zu schnell gelobt, obwohl jemand gar nichts Tolles gemacht hat (Ui, da hast du aber ein schönes Bild gemalt …), und manchmal ist ein Lob in Wahrheit nur versteckte Kritik (na, wenigstens ist es diesmal eine Drei und keine Vier …).

Aber noch schlimmer ist es ~~wohl~~, wenn man gar nicht gelobt wird, obwohl man selbst findet, dass man seine Sache eigentlich ~~echt~~ richtig gut gemacht hat. Dann ist man ~~mies drauf~~ schlecht gelaunt und gereizt.
Ich schlage daher vor, dass Sie mal einen Kursleiter einstellen, der den Leuten beibringt, wie man …

6

Von draußen hörte ich Stimmen. Ich legte den Stift weg und spitzte die Ohren.

»*Was* sollen meine Kinder getan haben?«, fragte eine Frauenstimme schrill. Ich schlich zum offenen Fenster und sah Tante Gwenny, schräg über mir, auf dem Balkon im zweiten Stock unseres Hauses. Durch Opas geöffnetes Küchenfenster konnte ich jedes Wort verstehen, das sie sagte.

Jetzt hörte ich auch meinen Opa, obwohl er leiser sprach und ich ihn nicht sah. »Es geht um Lucy und Lotte«, sagte er. »Sie haben unvorteilhafte Fotos von Tess geknipst und wollen die Bilder auf diesem Internetdings einstellen, diesem Facebook, wo alle sie sehen können.«

»Was?«, fragte Gwenny. Jetzt kam Bewegung in sie, und ihre Stimme schraubte sich in ungeahnte Höhen. Ich hatte fast ein bisschen Angst um meinen Opa. »Na hör mal! Die Zwillinge sind sieben! Sie sind in der ersten Klasse der Grundschule. Sie können nicht mal richtig schreiben. Glaubst du allen Ernstes, dass sie in der Lage sind, einen Facebookaccount zu erstellen und Bilder hochzuladen?«

Mein Opa schwieg. Ich wette, er hatte noch nie was von einem Account gehört. Und vom Bilderhochladen hatte er erst recht keine Ahnung. Plötzlich schämte ich mich ein bisschen, denn ich wusste das alles natürlich schon, aber sogar ich hatte nicht darüber nachgedacht, als die rosaroten Ärgerzwerge fies grinsend vor mir gestanden hatten.

»Nun, das ist ja mal eine gute Nachricht«, brummelte Opa nach einer Pause, er klang zerknirscht. »Aber trotzdem könnten Lucy und Lotte sich vielleicht bei Tess entschuldigen, oder? Und die Fotos könnten sie löschen. Es ist ja wirklich nicht schön, wenn man einfach so ohne Vorankündigung in einer peinlichen Situation geknipst wird. Und wir wollen doch hier alle friedlich zusammenleben. Jeder soll sich wohlfühlen. Auch Tess.«

»Friedlich! Oh ja, das wollen wir«, sagte Tante Gwenny. Aber sie klang dabei kein bisschen friedlich und verschränkte wütend die Arme vor der Brust. Mit bebender Stimme fuhr sie fort: »Deswegen sollten wir uns auch alle tolerant und großzügig verhalten. Mit Betonung auf *alle.* Auch Tess.«

»Nun …«, wandte Opa ein, aber Tante Gwenny unterbrach ihn. »Erstens: Lucy und Lotte sind Kinder. Zweitens: Ihre Fotoapparate sind Spielzeug. Drittens: Sie machen damit Quatsch. Das ist doch kein Grund, von ihnen zu sprechen, als wären sie kleine Verbrecher. Warum kann Tess nicht einfach über die Bilder lachen? Meine Güte, von mir gibt es hunderte von albernen Fotos auf diesen Fotoapparaten, na und?«

»Gwenny, Tess ist vierzehn. In ihrem Alter ist man empfindlich. Und sie soll sich hier doch auch wohlfühlen.« Ich musste in der Küche vor Rührung ein bisschen schniefen, als ich hörte, wie mein Opa für mich kämpfte.

Aber gegen Tante Gwenny war er machtlos. »Ja, Tess ist empfindlich«, stimmte sie ihm scheinbar zu, aber bei Opa hatte das Wort irgendwie netter geklungen. Und tatsächlich, jetzt fauchte sie wieder los: »Aber sollen wir sie deswegen in Watte packen, so wie ihre Eltern das tun? Haben wir als Familie nicht eher die Aufgabe, ihr beizubringen, wie menschliches Miteinander wirklich funktioniert?«

»Wie meinst du das?«, wollte Opa wissen, und das interessierte mich jetzt auch. Brennend. Ich war bisher der Meinung gewesen, dass ich ganz gut mit Menschen klarkam. Und ich hatte Tante Gwenny immer gemocht. So langsam änderte sich zumindest beim zweiten Punkt meine Meinung.

»Nina und Tim lassen Tess alles durchgehen«, schimpfte Gwenny. »Sie setzen ihr einfach keine Grenzen. Tess kann sich benehmen, wie sie will, und die beiden tun nichts. Schlicht und ergreifend nichts.« Opa wollte offenbar etwas sagen, aber sie unterbrach ihn wieder. »Nein, lass mich ausreden, Paps. Eben hat Nina angerufen und gefragt, ob Tess hier angekommen ist. Tess hat sich heute früh offenbar strikt geweigert, ihren Eltern beim Umzug zu helfen. Das ist doch wohl inakzeptabel. So ein Umzug geht die ganze Familie etwas an. Sogar Leo packt schon mit an, und der ist erst fünf. Und was machen Nina und Tim? Na? Mal wieder gar nichts. Sie lassen ihr die Drückebergerei auch noch durchgehen.«

Autsch, dachte ich. So langsam bekam ich beim Klang ihrer Stimme Stacheln.

»Tess drückt sich nicht, sie hilft mir«, sagte da der beste Opa der Welt. »Sie hat eben mein Bad gestrichen und das sehr gut gemacht. Drüben bei Nina und Tim würde sie den Möbelpackern doch nur im Weg stehen. So, und jetzt muss ich runter, die Farbe ist bestimmt schon trocken, Tess und ich können die Badezimmermöbel aufbauen.«

Tante Gwenny knurrte irgendwas, das ich nicht verstand, aber ich hatte auch so schon genug gehört. Auf der Liste meiner Lieblingstanten war Tante Gwenny gerade auf Platz zwei gerutscht. Und ich habe nur zwei Tanten.

Ein paar Minuten später erschien Opa in der Küche.

»Alles in Ordnung«, sagte er und lächelte verlegen. »Die Zwillinge stellen die Bilder bestimmt nicht ins Internet, sie können das nämlich noch gar nicht.«

»Ich weiß«, sagte ich. »Ich hab's gehört.« Und dann ging ich zum Fenster, lehnte mich weit hinaus und sagte laut: »Man hört hier unten nämlich jedes Wort, das auf dem Balkon gesprochen wird.«

Oben hatte bis eben noch Geschirr geklappert, jetzt wurde es verdächtig still. Ich sah niemanden, aber ich war sicher, dass Tante Gwenny noch auf dem Balkon war.

»Tess?«, fragte sie irgendwann unsicher. Statt zu antworten ging ich ins Badezimmer, klappte die Trittleiter zusammen und schleppte sie in den Flur. »Wo sind die Möbel fürs Badezimmer?«, fragte ich Opa. Er trat hinter mich und legte mir kurz die Hand auf die Schulter. »Nimm es ihr nicht übel«, sagte er leise. »Auch die sanftesten Frauen werden zu Löwinnen, wenn man ihre Kinder kritisiert. Und es ist nur normal, dass wir uns hier alle erst zusammenraufen müssen. Sie meint das gar nicht so, sie ist gestresst vom Umzug und von den Kindern und von der unausgesprochenen Kritik an ihr, wenn einer ihrer vier

Sprösslinge mal wieder was angestellt hat. Mütter sind so.« Ich nickte halbherzig, und er ließ seine Hand sinken. Dann zeigte er auf einen Bretterstapel, der an der Wand lehnte. »An die Arbeit. Das ist ein neuer Unterschrank fürs Waschbecken. Wir müssen ihn noch zusammenschrauben.«
»Kein Problem«, sagte ich. »Wo ist das Werkzeug?« Meine Stimme klang immer noch unnatürlich gepresst, das merkte ich selbst.
Doch bevor Opa antworten konnte, klingelte sein Handy. Er nahm den Anruf an: »Oh, Matti«, rief er in den Hörer. »Sis is neiss, sat ju foun me.« Ich kapierte erst nach ein paar Worten, dass das Englisch sein sollte. »Wot? Ju nied hälp? Your grandchild?«, rief Opa jetzt. »Wot das sis mien? Deine was? Ach, Enkelkind. Ah, ja, nau ei anderständ. Hau old is she?« Opa bemerkte mein Kichern, sah mich streng an und zog sich dann mit dem Telefon ins Wohnzimmer zurück. Schade. Ich hätte gern noch ein bisschen gelauscht. Weil ich ihn aber nicht stören wollte, machte ich mich auf die Suche nach einem Schraubenzieher.
Wenig später hatte ich den Werkzeugkasten gefunden, und als Opa zurückkam, hatte ich schon vier Teile des Schränkchens zusammengeschraubt.
»Ich glaube, ich habe eine gute Nachricht für dich«, sagte er und wirkte dabei um zehn Jahre jünger, weil seine Augen so strahlten. »Alles wird gut, du bekommst bald Verstärkung!«
Weil ich eine Schraube im Mundwinkel hatte, die ich nicht verlieren wollte, fragte ich nur wenig intelligent: »Hä?«
»Das eben am Telefon war ein früherer Arbeitskollege von mir.

Matti. Er lebt in Finnland, und irgendwie gibt's da in der Familie ein Problem mit seiner Enkeltochter. Sie braucht mal ein bisschen Abstand, einen Tapetenwechsel, und ein Auslandsaufenthalt wäre da optimal«, sagte er. »Und weil diese Mia fast genauso alt ist wie du und weil ihr da oben in eurer Wohnung doch sowieso ein Zimmer zu viel habt, habe ich gesagt, dass sie ruhig zu uns kommen könnte. Für ein paar Monate vielleicht. Das wäre doch schön, oder?«

Ich riss vor Schreck meinen Mund auf, und die Schraube fiel auf den Boden. »Opa«, hauchte ich voll Entsetzen.

»Keine Ursache«, sagte er fröhlich. »Du brauchst dich nicht zu bedanken, das war nicht meine Idee, das hat sich einfach so ergeben. Matti braucht Hilfe, und wir können Mia hier gut gebrauchen. Das passt doch wunderbar.«

Irgendwie kam ich nicht mit. Wozu um Himmels willen sollten wir diese Mia brauchen? Mir musste ein guter Grund einfallen, warum das auf gar keinen Fall ging, und zwar schnell. »Mama und Papa werden das nicht wollen«, sagte ich schließlich und machte ein bedauerndes Gesicht.

»Im Gegenteil!« Opa strahlte mich an. »Ich habe sie schon angerufen, und sie halten das für eine sehr gute Idee. Ein Kind mehr oder weniger, das fällt doch hier im Haus gar nicht auf, haben sie gesagt. Und dann bist du in deiner Altersgruppe nicht mehr so allein. Außerdem haben sie schon länger darüber nachgedacht, mal eine Austauschschülerin aufzunehmen. Warum also nicht jetzt? Und vielleicht kannst du dann irgendwann sogar mal nach Finnland gehen.«

Ja, klar. Warum denn nicht gleich nach Sibirien?

Ich lehnte mich an die Badezimmerwand und rutschte nach unten, bis ich auf dem Boden saß. Mist! Mist! Mist! Das war also Opas Methode, Probleme zu regeln. Man schaffte einfach neue, und schon kamen einem die alten gar nicht mehr so schlimm vor. Mein eigenes kleines Reich unterm Dach war jetzt also auch noch futsch. Ich hatte mir da oben eine Art Zweizimmerwohnung einrichten wollen mit eigenem Bad, in das ich auch einen Wasserkocher stellen wollte, sodass ich mir auch mal einen Tee oder eine Suppe kochen konnte. Und dann wollte ich dort genau das sein, was alle dauernd verhindern wollten: allein! Und meine Spanienreise mit Jojo hatte ich doch bis jetzt auch noch nicht abgeschrieben, sondern nur auf die Herbstferien verlegt. Aber wenn Mia wirklich ein paar *Monate* lang hier war, konnte ich Spanien endgültig vergessen.

Und jetzt? Ich konnte Opa nicht anzicken. Nicht mal freundlich widersprechen konnte ich ihm, das brachte ich einfach nicht übers Herz. Er sah mich so lieb an und war so begeistert von seiner Idee: Matti brauchte eine Familie für Mia, Opa brauchte eine Mia für mich – ein Wink des Schicksals. Ich wollte ihm diese Freude nicht kaputt machen. Aber als ich über den Boden robbte und unter der Toilette nach der verlorenen Schraube tastete, fasste ich einen Plan: Ich wollte Opa nicht sagen, dass ich keine Lust auf Mia aus Finnland hatte. Aber ich konnte Mia vielleicht dazu bringen, dass sie keine Lust auf Tess aus Deutschland hatte. Und ich wusste auch schon, wie: mit einem Brief natürlich.

»Hast du Mias Adresse?«, fragte ich Opa. »Ich könnte ihr schon mal ein bisschen was über uns schreiben.«

»Gute Idee«, meinte Opa und drehte die letzte Schraube fest. Ächzend richtete er sich auf. »Sie wohnt im selben Haus wie ihr Opa, und Mattis Anschrift habe ich. Sie müsste in meinem Adressbuch stehen.«
Ich sah mich mutlos um. Überall stapelten sich Kartons. Bis wir da was gefunden hatten, war Mia garantiert schon im Flieger. »Weißt du denn, in welcher Kiste es steckt?«
»In keiner«, sagte Opa und grinste. Er schob die Hand in seine ausgebeulte Hosentasche und brachte einen Kamm, ein Portemonnaie und ein blütenweißes Stofftaschentuch zum Vorschein. Sein Lächeln erlosch. Mit gerunzelter Stirn griff er in die andere Tasche. Darin waren eine zusammenklappbare Nagelschere, ein Schlüsselbund und eine winzige Taschenlampe. Er schüttelte erstaunt den Kopf. »Ich hätte schwören können …« Jetzt klopfte er mit beiden Händen die Brusttaschen seines Hemdes ab. »Na also!« Er zog ein kleines schwarzes Notizbuch aus der linken Tasche. »Da ist es ja. Jetzt kannst du Mia auf uns vorbereiten, dann weiß sie, was sie erwartet.«
Ich nickte. Oh ja, das würde ich tun. Ich würde sie gründlich vorbereiten. Aber ganz unauffällig. Keiner sollte etwas von meiner wahren Absicht merken.

Theresa Walter
Holzhauerstr. 63
60322 Frankfurt

An Mia Korhonen
Merikatu 9
00140 Helsinki
Finnland

Hallo Mia,

ich heiße Theresa, aber die meisten nennen mich Tess. Leider kann ich kein Finnisch. Aber da du ja zu uns nach Deutschland kommen willst, kannst du bestimmt ein bisschen Deutsch.
Wir, die ganze Familie Walter, freuen uns schon sehr auf dich. Wir wohnen seit Kurzem zu elft in einem uralten Haus. In ein bis zwei Jahren haben wir bestimmt alles renoviert, und dann wird es hier sehr gemütlich sein. Dann sind auch die vielen kleinen Kinder, die zu unserer Familie gehören, größer, und es wird auch ruhiger sein. Aber auch jetzt ist es bei uns schon sehr schön. Man darf bei uns nur nicht empfindlich sein, aber das bist du ja bestimmt nicht.
Dein Zimmer liegt im obersten Geschoss unterm Dach, direkt neben meinem. Leider ist es ziemlich klein, also nimm lieber nicht zu viele Klamotten mit, du hast da kaum Platz. Und auch unser gemeinsames Bad ist winzig. Pack also nicht so viel Krimskrams ein. Du wirst ihn sowieso nicht brauchen. Jeans

und Gartenhandschuhe sind wichtiger. Den Sommer werden wir beide, du und ich, nämlich vor allem mit Gartenarbeit verbringen. Wobei Garten eigentlich nicht das richtige Wort ist. In unserem Hinterhof liegen noch viel Müll und Bauschutt rum, und dort wächst außer Löwenzahn gar nichts. Aber wenn du mithilfst, sind wir bestimmt vor dem Winter mit dem Entrümpeln und Umgraben fertig.
Kommst du eigentlich auch mit an meine Schule? Hoffentlich bist du dann nicht enttäuscht. Ich habe gelesen, dass die Schulen in Finnland viel besser sind als die in Deutschland.

Na, jetzt weißt du wenigstens Bescheid und kannst dich schon mal auf uns freuen.

Bis hoffentlich bald!

Deine Tess

PS: Pfff. Das muss ich dir noch erzählen! Ich habe meinen Brief eben im Internet in eine Übersetzungsmaschine eingegeben, um ihn dir auch auf Finnisch zu schicken. Wow, was für eine Sprache. Der Anfang sah dann so aus:

Hei Mia,

Nimeni on Theresa ja Tess. Valitettavasti en voi puhua suomea. Mutta koska tulet meille halua mennä Saksaan, voit määrittää vähän saksaa. Me, koko perhe Walter, ovat hyvin innoissaan sinulle. Elämme äskettäin yhdenneksitoista antiikin talossa. Yhdessä kaksi vuotta, olemme päättäneet kaikki uusittu ja se on erittäin mukava. Sitten ovat paljon pieniä lapsia, jotka kuuluvat meidän perheen, isompi, ja se on sitten myös hiljaista täällä. Mutta nyt se on ollut erittäin mukavaa meille. Et voi olla herkkä vain meille, mutta et varmasti ole.

Aber dann habe ich die finnische Übersetzung noch mal im Internet zurückübersetzen lassen, und da kam ein gruseliges Kauderwelsch raus. Diese Übersetzungsdinger sind wohl nicht sehr gut. **Hoffentlich kannst du Deutsch!** Guck mal, das stand dann da:

Hey Mia,

Mein Name ist Theresa und Tess. Leider kann ich nicht sprechen Finnisch. Aber weil Sie nicht möchten, dass wir nach Deutschland zu gehen, können Sie ein wenig Deutsch eingestellt.
Wir, die ganze Familie, Walter, sind sehr aufgeregt für Sie. Wir leben in einer neu elften in der alten Haus. Gemeinsam werden die beiden Jahre haben wir an alle neu renoviert entschieden und ist sehr komfortabel. Dann gibt es noch eine Menge von kleinen Kindern, die zu unserer Familie gehören, größer, und dann ist es zu ruhig hier. Aber jetzt ist es sehr nett zu uns gewesen. Sie können nicht nur empfindlich für uns sein, aber Sie werden sicherlich nicht.

Krass, oder???

Noch mal Grüße
Tess

7

Nach unserem Umzug musste ich tagelang jeden Morgen um sieben Uhr aufstehen und bis zum Umfallen schuften. Möbel zusammenschrauben, Kisten auspacken, Regale und Schubladen einräumen, putzen, waschen, spülen, kochen, bügeln, einkaufen, Müll runtertragen, Gardinen drapieren, Bilder aufhängen, Blumentöpfe bepflanzen, und, und, und. Immer, wenn ich dachte, wir wären fertig, kam der nächste Befehl. Puh, und das sollten Ferien sein? Eine Schulwoche wäre dagegen die reinste Erholung gewesen. Und wenn ich auch nur ein bisschen brummelte oder die Stirn in mikroskopisch kleine Falten legte, bekamen meine Eltern einen gefährlichen Geierblick. Ich hatte zwar keinen Beweis dafür, aber ich hätte wetten können, dass Tante Gwenny den beiden gesagt hatte, was sie von mir und meiner Erziehung hielt. Und jetzt waren sie sauer. Vermutlich gar nicht auf mich, sondern auf Tante Gwenny, aber gegen deren Vorwürfe konnten sie sich natürlich schlecht wehren. Wenn jemand sagt: »Dein Kind ist schlecht erzogen«, dann kannst du nicht einfach behaupten: »Stimmt nicht.« Das würde ja jeder sagen, selbst wenn's wahr wäre. Du musst nachweisen, dass da nichts dran ist, und jetzt musste ich der lebende Beweis dafür sein, dass meine Eltern ganz hervorragende Erzieher waren.

Ich musste ein gelungenes Ergebnis ihrer Bemühungen sein und die Familienehre mit Wohlverhalten retten.
Und das konnte ich ihnen nicht mal übelnehmen. Ich wollte es Tante Gwenny ja selbst beweisen und allen anderen auch.
Aber das war so anstrengend, dass ich innerlich die ganze Zeit mit den Zähnen knirschte. Man muss sich das mal ganz klar vor Augen führen: Da stellte diese Tante eine völlig haltlose, unwahre Behauptung auf, und früher hätte ich darüber nur gegrinst. Ich hätte dafür gesorgt, dass ich sie ein paar Wochen lang nicht mehr sehen muss, und gut wär's gewesen. Gern auch ein paar Monate. Aber jetzt traf ich sie mehrmals täglich, und ich musste mein ganzes Leben umstellen, um ihre Vorwürfe zu widerlegen. Dabei waren in Wirklichkeit ihre Kinder hier in diesem Haus die schlecht erzogenen Rotzlöffel, und eigentlich wäre sie dran gewesen, hier mal was zu beweisen. Nur waren wir anderen leider zu gut erzogen, um ihr das zu sagen. Ein Teufelskreis! Oh, was war das freudlos, ständig die Guterzogene zu geben. Ich schuftete und räumte und sägte und schraubte und fegte und wischte. Und ich war dabei immer nett. Bald hätte man unsere Wohnung locker für eine Fotoreportage in Zeitschriften wie »Schöner Wohnen« nutzen können.
Und dann auch noch das: Beim Frühstück sagte meine Mutter eines Morgens zu meinem Vater: »Tess hat sich wirklich zum Guten verändert. Ich bin froh, dass wir uns für dieses Wohnprojekt entschieden haben.« Sie nahm einen Schluck Kaffee und lächelte ihm über den Rand ihrer Tasse zu.
Er nickte. »Wahrscheinlich legt sie sich so ins Zeug, weil wir bald Besuch bekommen. Das war eine gute Idee mit dem finni-

schen Mädchen.« Er grinste zufrieden, als wäre das sein Einfall gewesen, und kam sich sichtlich vor wie ein erfahrender Pädagoge.

Hallo?, dachte ich. *Ich sitze hier mit euch am Tisch. Warum redet ihr über mich, als wäre ich nicht da?* Ich überlegte kurz, ob meine Eltern nicht langsam mal ein bisschen Gegenwind verdient hatten. Brüllen, Abhauen, Türknallen, all diese Dinge, die man angeblich in meinem Alter tut, wenn einem was nicht passt. Aber nee, sorry, das war nicht mein Stil. Ich bin einfach nicht so der Schrei-Kreisch-Typ. Viel zu viel Aufwand, viel zu wenig Wirkung.

Denn was hätte ich damit ändern können?

Fakt war: Mein Privatleben war futsch. Meine Urlaubsträume waren endgültig ausgeträumt. Und mein neues Zimmer war ungefähr so groß wie der Schrank, in dem Harry Potter gewohnt hat, bevor er nach Hogwarts kam. In dieses Kabuff passten gerade mal mein Bett, mein Schrank und mein Schreibtisch. Wenn ich den Bauch einzog und die Ohren anlegte, dann passte ich auch noch gerade so rein. Aber mehr nicht. Es war viel kleiner als mein früheres Reich. Und das zweite kleine Zimmer, das eigentlich auch meins sein sollte, konnte ich nun doch nicht wie geplant mit meinen Sachen einrichten, weil es erst mal das Gästezimmer war. Und wer weiß, ob es das nicht auch bleiben würde.

Mia hatte noch nicht geantwortet, ich musste also weiter so tun, als würde sie kommen. Und ich konnte nicht mal darüber meckern, sonst würde es nur wieder heißen, dass Einzelkinder nicht teilen können.

Ich kann gar nicht in Worte fassen, wie mich mein Leben damals nervte. Ich konnte nur noch hoffen, dass mein Brief Mia unauffällig die Augen geöffnet hatte. Zu meinem und zu ihrem Besten. Wenn nicht, tat sie mir jetzt schon leid. Finnland – Land der tausend Seen und riesigen Wälder. Wie sollte ein finnisches Mädchen in einem briefmarkengroßen Zimmer mitten in einer deutschen Großstadt glücklich werden? Und dann auch noch in einem Tollhaus wie diesem?
Denn unser Haus war wirklich ein Tollhaus. Ein brodelnder Hexenkessel. Ein Ort, den selbst Uropa Ignatz als laut bezeichnet hätte.
Außer mir hatte nämlich in diesem Sommer der gesamte Walter-Nachwuchs frei und nutzte die Zeit, um sich zu entfalten. Flötentöne, Trompetengetröte (haha, repariert!), Klaviergehämmere, E-Gitarrengejaule, Streit, Wutgeheul, Tränen, Hammerschläge, Sägen, Schlagbohrmaschinen – es war ein wahres Inferno. Und die beiden rosaroten Teufelchen machten das neue Haus für mich noch zusätzlich zur Hölle.
Seit unserer Begegnung damals am Umzugstag herrschte zwischen uns Krieg. Sie spielten mir Streiche, ich zahlte es ihnen heim. Einmal zum Beispiel war ich morgens ein paar Stunden allein in der Wohnung, weil meine Eltern im Baumarkt Bilderrahmen kauften. Basti schlief noch, sodass nebenan ausnahmsweise mal keine Bässe wummerten. Alles hätte so schön sein können, wenn die Zwillinge nicht dauernd an der Tür geklingelt hätten. Einfach so. Wenn ich öffnete, rannten sie weg, aber ein paar Minuten später waren sie wieder da. Ich hatte den Befehl bekommen, dem Briefträger zu öffnen, denn meine Mutter

erwartete ein Paket. Deswegen konnte ich die Klingel nicht einfach abschalten. Was tun? Die Nervmonster sollten nicht schon wieder gewinnen, so viel stand fest. Und dann hatte ich eine Idee. Ich räumte einen Umzugskarton aus, stellte ihn vor die Wohnungstür, kroch hinein, machte ihn zu und wartete ab. Und als die beiden das nächste Mal klingelten, sprang ich mit Riesengebrüll aus der Kiste.

Kleiner Aufwand, große Wirkung. Die beiden erstarrten wie Mäuse beim Angriff einer hungrigen Katze, und dann piepsten sie los. Kreisch, quiek, zitter, fiep. Ein sehr possierlicher Anblick. Davon wollte ich mehr haben, die Sache begann, Spaß zu machen.

Am nächsten Tag rächten sie sich aber und beschossen mich mit gigantischen Wasserpistolen, als ich gerade zwei volle Mülleimer nach unten trug. Ich hatte keine Hand frei und konnte mich nicht gegen den Wasserschwall schützen, der mich voll ins Gesicht traf. Bäh! Aber weil ich ja erstklassig erzogen war, leerte ich die Mülleimer kommentarlos aus und ging zurück in unsere Wohnung. Wohlgeraten, wie ich war, habe ich die Mülleimer in der Küche sogar noch ausgespült. Und weil das Wasser im Mülleimer eine übelriechende Plörre war, die ich natürlich nicht in unser hygienisch einwandfreies Spülbecken gießen konnte, habe ich sie vom Küchenbalkon runter in den Hof gekippt. Zu blöd, dass ich dabei ganz aus Versehen zwei kichernde rosarote Revolverheldinnen eiskalt erwischt habe, die gerade ihre Wasserpistolen am Gartenschlauch nachluden.

Interessant ist, dass die beiden mich nicht verpetzt haben. Und ich sie natürlich auch nicht. Das war inzwischen eine Sache zwischen ihnen und mir, und wir würden den Kampf austragen, bis der Sieger feststand, tot oder lebendig. Das waren die unausgesprochenen Regeln.

In dieser Zeit reifte ich ziemlich. Vom Plüschtier zum Tiger. Vom Tiger zum Säbelzahntiger. Und schließlich vom Säbelzahntiger zum Tyrannosaurus Rex. Ich war ja schließlich nicht empfindlich. Nein, das kann man wirklich nicht behaupten. Und ich war auch nicht mehr altklug, denn klug war daran wirklich nichts. Nett zwar auch nicht. Aber trotz allem blieb ich immer eins: wohlerzogen. Ich war ein bisschen so wie Batman, mal der brave Bruce Wayne und mal The Dark Night.

Das war anstrengend, und man sah es mir wohl an. Nach einer Woche harter Arbeit zeigten meine Eltern Mitleid und gaben mir einen ganzen Nachmittag lang frei. »Sind ja schließlich Ferien«, sagte mein Vater. Erstaunlich, dass er das noch wusste. Ich strichelte meine Augenbraue sorgfältig mit meinem neuen wasserfesten Augenbrauenstift nach, schnappte meine Badesachen und flitzte zu Jojo.

Leider hatte sie ausgerechnet an diesem Tag *nicht* frei, sie musste ihrer Mutter helfen. Also war wieder nix mit Freibad. Aber inzwischen war mir alles egal, Hauptsache raus aus dem Hexenkessel. Deswegen saß ich ganz zufrieden mit Jojo unter einem großen Sonnenschirm auf dem Balkon und spielte mit ihr Socken-Memory, ein neues Spiel, das wir erfunden hatten. Wir sollten nämlich einzelne Socken zu Paaren sortieren und hatten daraus einen Wettstreit gemacht, wobei wir kicherten, bis wir fast vom Stuhl fielen. In der Küche summte schon der Mixer, denn Jojos Mutter hatte uns zur Belohnung Smoothies aus Himbeeren, Pfirsichen und Vanilleeis versprochen, und nicht mal von Jojos kleinen Geschwistern drohte uns Gefahr. Sie saßen drinnen vorm Fernseher und sahen »Susi und Strolch«. Niedlich und friedlich sahen sie aus, wie sie da saßen, alle mit genau derselben Stupsnase wie Jojo. Nicht so nervig wie die kleinen Monster, mit denen ich mich zu Hause rumschlagen musste.

»Oh, das täuscht«, sagte Jojo, als ich sie darauf ansprach. »Die können auch ganz anders!«

Aber dieses Thema konnten wir nicht vertiefen, denn jetzt war ich beim Memory dran. Ich schloss die Augen, griff blind in den Wäschekorb und zog mit spitzen Fingern wahllos ein Stück Stoff heraus. Dann öffnete ich die Augen. Die Socke in meiner Hand war bunt geringelt wie ein Osterei. Das war leicht.

Auf die Plätze, fertig, los. Jojo und ich durchwühlten hektisch den Korb, auf der Suche nach dem Gegenstück, und kamen uns dabei dauernd in die Quere. Ganz unten blitzten plötzlich bunte Osterei-Ringel auf. Wir sahen sie gleichzeitig und schnappten beide danach, aber Jojo war schneller. »Bingo!«, rief sie und hielt die zweite Socke triumphierend hoch. Sie verschlang sie zu einem Knäuel und legte sie zu den anderen, die sie erbeutet hatte. Ihr Haufen war deutlich größer als meiner.

»Na warte, das kriegst du zurück. Du bist dran«, knurrte ich gespielt kämpferisch.

»Erzähl erst mal«, sagte Jojo. »Wann kommt denn das finnische Mädchen?«

»Nächste Woche. *Wenn* sie kommt. Ich nehme an, dass sie gerade alles tut, um ihre Probleme vor Ort zu regeln und nicht zu uns zu müssen.«

»Was denn für Probleme?«
»Keine Ahnung. Mein Opa spricht nicht darüber. Das geht keinen was an, sagt er.«
»Vielleicht hat sie sich verliebt, und der Typ ist nicht gut für sie, und ihre Eltern wollen die beiden trennen.« Jojo bekam ganz verträumte Augen.
»Wir sind doch hier nicht bei Romeo und Julia«, meinte ich. »Könnte doch genauso gut sein, dass sie Drogen genommen hat, von der Schule geflogen ist und mal eine Weile wegmuss, für einen Neuanfang.«
In diesem Moment klingelte mein Handy, meine Mutter war dran. »Tess? Wo bist du?«, rief sie aufgeregt.
Ich hielt den Hörer ein Stück von meinem Ohr weg, damit mein Trommelfell nicht platzte. »Bei Jojo. Warum?«
»Renn sofort nach Hause! Gwenny steht mit Leo und Lilith im Stau, sie kommt keinen Zentimeter vorwärts. Und gleich kommen die Zwillinge von einer Freundin nach Hause. Sie sind schon unterwegs.«
»Aber Opa ...«
»Der ist einkaufen. Und Basti geht nicht ans Telefon. Gwenny kann weder Tim noch Marius erreichen. Und ich selbst kann hier gerade nicht weg, ich hab Farbe auf dem Kopf, die einwirken muss.« Hmmm. Offenbar war sie beim Friseur. Ich schielte zur Küche, wo Jojos Mutter gerade die Smoothies in Gläser füllte. »Aber Mama, ich hab heute frei, und die beiden sind doch schon sieben. Die brauchen doch nicht mehr in jeder Minute des Tages einen Babysitter. Und sooo lange wird es ja wohl auch nicht dauern, bis Tante Gwenny da ist.«

Jetzt wurde die Stimme meiner Mutter scharf wie ein Glasschneider. »Theresa, ich habe dich um etwas gebeten und will jetzt keine Widerworte hören. Die Mädchen haben keinen Schlüssel. Lass sie bitte ins Haus und kümmere dich um sie, ich möchte nicht, dass ihnen etwas passiert. Du kannst in fünf Minuten dort sein!« Klick. Sie legte auf.
Na toll. Jetzt hätte ich sie gern mal angebrüllt, aber das ging nicht, sie hatte ja aufgelegt. Und sowas ist auch nicht meine Art. Ich regele die Dinge lieber friedlich.
Daher verabschiedete ich mich seufzend. Erst von meinem Traum vom Smoothie in der Sonne, und dann von Jojo und ihrer Familie. Aber ich rannte nicht nach Hause, wie meine Mutter es gefordert hatte, ich schlurfte in gemäßigtem Tempo. Es war schließlich heiß, und ich hatte überhaupt keine Lust auf Hektik. Und ein paar Minuten konnten die Monsterkids ja wohl auch mal vor der Haustür warten.
Dachte ich. Aber als ich in unsere Straße einbog, sah ich das plötzlich anders. Vor unserem Haus stand nämlich ein Krankenwagen, das Blaulicht war angeschaltet. Da raste ich natürlich los, so schnell ich konnte, in panischer Angst, dass eine meiner Cousinen vor ein Auto gerannt und dabei schwer verletzt worden war. Ich sah zwei Sanitäter, die eine Trage zwischen sich hatten, die sie vorsichtig zum Krankenwagen transportierten. Als ich näherstürzte, erkannte ich auf der Liege Frau Wunderlich. Sie war blass, aber bei Bewusstsein. Ich kam mir ganz mies vor, und es war auch nicht wirklich Erleichterung, was ich spürte, aber ich war doch froh, dass da kein blutüberströmtes Kind lag.

»Theresa!«, rief Frau Wunderlich, als sie mich sah. »Gut, dass du kommst! Bitte kümmere dich um den Laden.« Ihr Gesicht war schmerzverzerrt.
»Was ist passiert?«, fragte ich und lief ein Stück neben ihr her.
»Ich bin gestürzt«, stöhnte sie. »Wahrscheinlich habe ich mir etwas gebrochen.« Wir hatten jetzt die Tür des Krankenwagens erreicht, und die Sanitäter wuchteten die Trage ins Innere. Ich sah nur noch Frau Wunderlichs Hand, die mir ein Zeichen zu geben schien.
»Ich konnte nicht mal mehr die Ladentür abschließen«, hörte ich sie noch rufen.
»Keine Sorge!«, rief ich ihr nach. »Ich kümmere mich um alles.«
Rums. Die weiße Tür schloss sich, Frau Wunderlich konnte mich nicht mehr hören. Nach ein paar Minuten setzte sich der Krankenwagen in Bewegung. Er bog um die Ecke und war weg.
Und jetzt? Da stand ich, in der stillen Straße, die mir immer noch ganz fremd war, und wusste nicht, was ich tun sollte. Ich kümmere mich um alles, das hatte ich versprochen. Aber wie? Weit und breit war nichts Rosarotes zu sehen. Wo waren die Zwillinge? Sie sollten doch längst hier sein. Was musste ich zuerst tun? Sie suchen? Oder mich um den Laden kümmern? Hätte ich gewusst, wo ich die beiden finden konnte, ich hätte mich sofort auf den Weg gemacht, und wäre ihnen entgegengegangen. Trotz Krieg unter Cousinen – Kinder waren viel wichtiger als Sachen, und ich wollte nicht riskieren, dass ihnen doch noch was passierte. Aber ich hatte keine Ahnung, wo diese

Freundin wohnte, bei der die beiden gewesen waren. Sollte ich nach links oder nach rechts gehen? Ich wusste es nicht.
Deswegen rannte ich zuerst in den Laden, um die Tür abzuschließen. Nicht dass da noch was wegkam. Bei »Uralt Lavendel« wurden schließlich wertvolle Antiquitäten verkauft, da waren Diebe bestimmt nicht weit. Und vielleicht tauchten die Mädels in dieser Zeit ja von selbst auf.
Aber so ein Mist! In der Tür steckte kein Schlüssel. Fieberhaft durchwühlte ich Schubladen und Schränke und tastete auf Frau Wunderlichs Schreibtisch zwischen den Papieren nach ihm, aber er war nirgends zu finden. Hatte sie ihn vielleicht in der Tasche gehabt, als sie abtransportiert wurde?
Schwer atmend blieb ich mitten im Laden stehen und sah mich um. Neben dem Fenster stand ein Stuhl, dessen Lehne etwas höher als die Türklinke war. Ich schob ihn zur Tür, kippte ihn und klemmte die Lehne unter die Klinke. Einbruchsicher sah das zwar nicht aus, aber es musste jetzt erst mal reichen. Dann flitzte ich zur Hintertür, die vom Laden in unser Treppenhaus führte und die zum Glück offen war. Von dort wollte ich durch die Haustür raus, um nach den Zwillingen zu suchen.
Aber als ich im Treppenhaus war, hörte ich etwas im Obergeschoss. E-Gitarrenklänge. Das sprach für Basti. Und dann – Kinderstimmen! Ich folgte dem Krach und stand schließlich vor Bastis Wohnungstür. Dahinter tobte der Bär. Zumindest klang es so.
Klingeln hatte gar keinen Zweck, niemand hätte mich gehört, also wummerte ich mit der Faust an die Tür, bis jemand öffnete. Lucy. Oder war es Lotte? Egal.

»Was macht ihr denn hier?«, fragte ich, denn im Hintergrund hörte ich auch die Stimme des anderen Zwillings.

»Musik«, sagte sie. »Mit Basti. Das hörst du doch.« Und dann schlug sie mir die Tür vor der Nase zu. Aber sie machte sie gleich noch einmal auf, um etwas hinzuzufügen. »Der ist nämlich unser Lieblingscousinerich!«, krähte sie. »Und nicht du! Ätsch!«

»Da bin ich aber traurig«, sagte ich und grinste so fies, dass selbst dieses unsensible Frettchen merken musste, wie ich das meinte. Wumms. Prompt schlug sie mir zum zweiten Mal die Tür vor der Nase zu.

Ich wummerte noch einmal an die Tür, und irgendwann ging sie wieder auf. Diesmal stand glücklicherweise Basti vor mir. Er war barfuß und trug ein T-Shirt, das so zerlöchert war, als hätte er damit Motten gefüttert. »Gibt's ein Problem?«, fragte er.

»Nö«, sagte ich. »Ich wollte nur kurz klären, ob du jetzt für die beiden zuständig bist. Denn eigentlich hatte ich versprochen, auf sie aufzupassen, und da wollte ich mich nicht einfach wortlos ausklinken und sie dir anhängen. Irgendjemand muss ja die Verantwortung tragen.«

»Verantwortung!«, sagte Basti, verschränkte die Arme vor der Brust und lehnte sich an den Türrahmen. »Das ist ein schwieriges Thema.« Er dachte kurz nach und sprach dann weiter: »Dahinter steht ein normativer Anspruch, der rechtliche, moralische oder religiöse Ursprünge haben kann. Religion spielt hier jetzt wohl keine so große Rolle. Und rechtlich kann ich die Verantwortung gern übernehmen. Aber ob ich dich moralisch davon freisprechen kann – das kann und will ich nicht verspre-

chen. Schließlich hat Tante Gwenny als Erziehungsberechtigte dir die Verantwortung übertragen. Eigentlich müsste sie also zustimmen, wenn du sie jetzt an mich weitergibst.«
»Es war nicht Tante Gwenny«, sagte ich. »Meine Mutter hat mich angerufen.«
Auf Bastis Stirn entstanden tiefe Furchen. »Oh. Das macht die Sache philosophisch betrachtet noch komplizierter. War sie dazu überhaupt berechtigt? Und dann bist du ja auch noch minderjährig. Darf man dir das überhaupt zumuten?«
Das war wirklich eine berechtigte Frage, aber im Moment interessierte mich dieser philosophische Hintergrund kein bisschen.
»Basti!« Ich sah ihn scharf an. »Ich will jetzt einfach wissen, ob du die beiden im Auge behältst, oder ob ich immer noch für sie zuständig bin!«
»Wissen!«, sagte Basti. »Auch das ist ein schwieriges Thema. Realität bleibt immer hypothetisch. Es gibt im Leben keine Gewissheiten.«
Genervt wandte ich mich ab und ging wieder runter in den Laden. Dort setzte ich mich in einen riesigen Ohrensessel, der mitten im Raum stand. Jetzt hatte ich die Ladentür im Blick, samt Kippstuhl, und ich konnte gleichzeitig unser Treppenhaus überwachen. Solange die Musik oben im Haus nicht verstummte, würde der hochphilosophische Lieblingscousinerich ja wohl auf die Zwillinge aufpassen. Und bei Fluchtversuchen würde ich dann eingreifen, so konnte garantiert nichts passieren. Von diesem Sitzplatz aus konnte ich außerdem auch Opa sehen, wenn er zurückkam. Er würde bestimmt wissen, was wir

mit dem Laden tun mussten. Und er würde sich auch um Frau Wunderlich kümmern. Die konnten wir doch nicht einfach so allein lassen. Brauchte sie im Krankenhaus nicht wenigstens einen Schlafanzug und eine Zahnbürste? Und hatte sie nicht auch Familie, die wir benachrichtigen mussten? Ich wünschte mir in diesem Moment meinen Opa so heftig herbei, dass es ihm beim Einkaufen vor lauter Gedankenübertragung in den Ohren klingeln musste.

Um mich ein bisschen abzulenken, sah ich mich um. Eigentlich war der kleine Laden ein schöner Ort zum Warten. Das Sonnenlicht, das durch die Fenster fiel, ließ die vielen Kronleuchter glitzern, die an der Decke hingen. Die Kristallgläser und Silberkännchen in den Regalen funkelten mit ihnen um die Wette. Auf dem schimmernden Holz der alten Möbel lag kein Staubkörnchen. Und anders als oben in unserer Wohnung waren die Scheiben der Glasvitrinen auch nicht mit Pfotenabdrücken verziert. Das Zeug, das Frau Wunderlich in diesen Glasschränken ausstellte, war natürlich furchtbar altmodisch und verschnörkelt. Die Schmuckstücke zum Beispiel würde ich niemals tragen, da war ich mir sicher. Aber die Sachen hatten eine ganz besondere Ausstrahlung, der ich mich nicht entziehen konnte. In einer Ecke des Raums stand ein wunderschönes, altes Holzklavier mit zwei verschnörkelten Kerzenhaltern rechts und links neben dem Notenständer. Als ich ein paar Töne anschlug, merkte ich, dass es voll und warm und kein bisschen verstimmt klang. Frau Wunderlich hielt ihren Laden wirklich gut in Schuss.

Hoffentlich kam jetzt keine Kundschaft. Der Stuhl unter der

Klinke konnte ja niemanden ernsthaft daran hindern, den Laden zu betreten. Und es gab leider kein Schild mit der Aufschrift »Geschlossen«, das ich an die Tür hängen konnte. Sollte ich einfach selbst eins schreiben? Oder tat man sowas nicht? War das unprofessionell?

Wo Opa nur blieb?

Bevor ich eine Entscheidung treffen konnte, hörte ich Stimmen an der Haustür. Ich sprang auf, lief zur Treppenhaustür und sah im Flur Tante Gwenny. Sie schleppte zwei große braune Papiertüten. Aus der linken ragten Lauchstangen und aus der rechten eine Großpackung Toilettenpapier. Hinter ihr tauchten Lilith und Leo auf. Unnötig zu erwähnen, dass beide nichts schleppten. So viel zum Thema Erziehung.

Tante Gwenny stellte die Tüten auf der Treppe ab und verließ noch einmal das Haus. Zwei Minuten später war sie wieder da, jetzt wuchtete sie zwei Sprudelkästen ins Haus. Sie verschwand ein drittes Mal und kam mit weiteren Einkaufstüten wieder. Aber das war's dann wohl. Jetzt schloss sie die Haustür hinter sich.

»Wo sind Lucy und Lotte?«, fragte sie statt einer Begrüßung. Auch das war nicht gerade feinstes Benehmen. Ich zeigte mit den Daumen nach oben, obwohl das eigentlich unnötig war, denn man konnte den Krach und die Kinderstimmen deutlich hören. »Ich glaube, Basti bringt ihnen einen Tanz bei.«

Durch unser Treppenhaus dröhnte in diesem Moment ein Song, den ich gut kannte, weil er im Internet lange ein Hit gewesen war. Das Video wurde Kult, weil der Typ darin so abgedreht tanzte, und ein paar Wochen lang haben alle auf Partys aus Jux

auch so getanzt. Und jetzt gerade sangen zwei Kinderstimmen den Refrain laut und falsch mit. Sie sangen immer wieder dieselben Worte, und die waren nicht gerade wohlerzogen.
Klein-Leo sah seine Mutter mit großen Augen an. »Was heißt shit fuck?«, wollte er wissen.
»Gar nichts«, sagt Tante Gwenny scharf, stellte die Tüten ab und hastete die Treppe hoch.
Plötzlich merkte ich, dass ich ihr immer noch böse war. Wir hatten noch eine Rechnung offen.
»Das ist nicht ganz richtig«, sagte ich. »Leo, das ist Englisch und heißt …«
Mit drei Sätzen war Tante Gwenny wieder unten, packte Leo und zog ihn am Arm mit sich. »Frag einfach deine Schwestern, sie scheinen diese Wörter ja zu kennen«, rief ich ihm nach.
Wenn Blicke filetieren könnten, dann hätte mich der von Tante Gwenny jetzt säuberlich in all meine Einzelteile zerlegt. Aber in diesem Moment genoss ich ihn trotzdem. Nein, empfindlich war ich wirklich nicht.
Eine halbe Stunde später kam Opa endlich nach Hause. Er trug ein Brot unterm Arm, und an seinem Zeigefinger hing eine Tüte, in der nicht viel drin sein konnte, so wie er sie herumschlenkerte. Kein Wunder, er brauchte ja auch nicht viel, seit Neuestem aß er bei Tante Gwenny und Onkel Marius zu Mittag. Er half den beiden an den Wochentagen bei der Betreuung der vier Kinder, und sie revanchierten sich dafür mit dem Essen. Ich dachte kurz an Tante Gwennys Monster-Einkaufstüten und an ihren Gesichtsausdruck zurück und war nicht ganz sicher, ob das Konzept funktionierte. Aber mir war's

egal. Jetzt gab es Wichtigeres, ich musste meinem Opa von Frau Wunderlichs Unfall erzählen.
Opa wusste zum Glück, wo Frau Wunderlich den Zweitschlüssel versteckt hatte. Im Treppengeländer! Darauf wäre ich nie gekommen. Das uralte schmiedeeiserne Geländer mit dem Handlauf aus Holz endete auf dem untersten Treppenabsatz in einem kunstvollen Schnörkel, und den zierte eine Kugel. Ich hatte nicht gewusst, dass man sie abschrauben konnte. Darunter befand sich ein kleiner Hohlraum, in den der Schlüssel genau passte.
Und Opa wusste auch, was man im Falle eines Unfalls tun musste. Er schloss den Laden ab, sicherte die Glastür und das Schaufenster mit einem Gitter und beschloss dann, dass wir erst mal nach ihr sehen mussten, bevor wir weitere Maßnahmen ergreifen konnten.

Im Krankenhaus fanden wir Frau Wunderlich schnell, der Pförtner und die Hinweisschilder wiesen uns den Weg zur Station. Als wir an ihre Zimmertür klopften, hörten wir aber keine Antwort.
»Zu wem wollen Sie?«, fragte eine Schwester, die mit einem Tablett den Gang entlangeilte.
»Zu Frau Wunderlich.«
Die Schwester nickte. »Da sind Sie richtig, gehen Sie ruhig rein.«
Frau Wunderlich lag in einem Metallbett am Fenster. Sie trug ein weites weißes Kliniknachthemd mit winzigen blauen Blümchen und sah darin aus wie ein kleines Mädchen mit

kinnlangen weißen Haaren und runzligem Gesicht. Offenbar hatte sie geschlafen und im Traum vergessen, wo sie war, denn jetzt blickte sie uns verwirrt entgegen. Aber dann tastete sie nach ihrer Brille, die neben ihr auf einem fahrbaren Nachttisch lag, setzte sie auf und erkannte uns. Ein Lächeln erschien auf ihrem Gesicht. »Herr Walter! Theresa! Wie schön«, sagte sie. »Nehmen Sie Platz!«

Ich zog zwei Stühle an ihr Bett, und wir setzten uns.

»Wie geht es Ihnen?«, fragte Opa.

»Gut, na ja, geht so«, sagte Frau Wunderlich. »Das Bein ist gebrochen, und offenbar ist es ein komplizierter Bruch. Vielleicht muss ich operiert werden, vielleicht aber auch nicht. Das muss man abwarten.«

»Haben Sie Schmerzen?«, wollte mein Opa wissen.

Frau Wunderlich schüttelte den Kopf. »Kein bisschen. Ich habe ein Medikament bekommen, und jetzt sind sie weg. Es macht zwar müde, aber das ist ja nicht so schlimm. Ich habe schließlich nichts zu tun, ich kann jederzeit schlafen.«

»Sie sehen aber nicht aus, als würde es Ihnen gut gehen«, sagte mein Opa.

Frau Wunderlich richtete sich in ihrem Kissen auf und lächelte verkrampft. »Ich schaffe das schon.«

»Daran habe ich nicht gezweifelt.« Opa sah sie mit seinen lieben Augen an. »Machen Sie sich Sorgen um den Laden? Das müssen Sie nicht. Ich kenne mich dort schon ganz gut aus, ich habe alles im Griff. Wenn Sie es mir gestatten, könnte ich ihn morgen früh sogar regulär öffnen.«

»Natürlich gestatte ich Ihnen das«, sagte Frau Wunderlich.

»Ich wäre sogar sehr froh darüber. Wissen Sie, seit mein Laden in einem Reiseführer als Geheimtipp für Antiquitäten genannt wurde, habe ich in den Sommermonaten, wenn Touristen in der Stadt sind, besonders viel Kundschaft. Es wäre ungünstig, ausgerechnet jetzt Betriebsferien zu machen.« Sie sah richtig erleichtert aus, vor allem, nachdem Opa betont hatte, wie gern er das tun würde.

Sie erklärte uns noch, wie die Kasse funktionierte, und gab uns ein paar Tipps für den Umgang mit mäkeligen Kunden, dann verabschiedeten wir uns.

Als wir zur U-Bahn liefen, fühlten Opa und ich uns wie Pfadfinder, die gerade eine gute Tat vollbracht hatten.

Leider hielt zumindest meine gute Laune nicht lange an, denn zu Hause wartete ein Brief auf mich. Er kam aus Finnland.

M. Korhonen ♫ Merikatu 9 ♫ 00140 Helsinki

An Theresa Walter
Holzhauerstr. 63
60322 Frankfurt

Hei Theresa-Tess,

ich werde hier bei uns Mikky (wie die Maus aus Comic) oder Mik genannt. Ja, ich kann ein gutes Stück Deutsch, denn meine Großmutter stammt aus Deutschland, und sie spricht mit mir so. Krimskrams – diese Wort kannte ich aber noch nicht, so ich musste meine Großmutter danach fragen. Sie sagt, es bedeutet kleine, unwichtige Sachen. Ich besitze nicht viel davon, also ich werde gut passen in die kleine Badezimmer.
Gartenarbeit ist auch okay, das ist ein gut Abwechslung. Und die finnischen Schulen – ich mag sie nicht besonders. Glaubst du wirklich, die deutschen sind noch schlimmer? Ich bin voll neuer Gier darauf.

Viele Grüße, bis bald
Mik

P.S.: Ich bin ein bisschen empfindlich. Aber nicht sehr.

8

Ein paar Tage später stand ich in Frau Wunderlichs Laden, ein Staubtuch in der Hand, und starrte auf den Schriftzug an der Scheibe. »LEDNEVAL TLARU«, stand dort. Die Wörter sahen aus wie ein Zauberspruch. Ob man damit böse Mächte und schlimme Ereignisse abwehren konnte? Mia zum Beispiel? Das hätte ich gebrauchen können, denn in der Sache »finnische Freundin« konnte mir nur noch Magie helfen. Mit der Muggel-Methode »Briefe schreiben« war ich komplett gescheitert. Mia saß jetzt garantiert schon im Auto ihrer Eltern und war unterwegs zum Flughafen. Auf meine Warnungen zwischen den Zeilen war sie in ihrem Antwortbrief überhaupt nicht eingegangen, und seitdem hatte ich nichts mehr von ihr gehört. Dabei hoffte ich immer noch täglich darauf, dass ihr Großvater anrufen würde, um uns mitzuteilen, dass sie es sich anders überlegt hatte.

Aber offenbar war sie wirklich voll »neuer Gier«, denn da kam kein Anruf. Und in ein paar Stunden würde sie hier sein.

»LEDNEVAL TLARU.« Ich murmelte die Wörter leise vor mich hin, um Mias Abflug zu verhindern, aber natürlich glaubte ich nicht wirklich an ihre Wirkung. In Wahrheit handelte es sich hier nämlich nicht um einen Zauberspruch, sondern ein-

fach nur um den goldverschnörkelten Schriftzug »Uralt Lavendel«, den ich von innen betrachtete.
»LEDNEVAL TLARU«, versuchte ich es trotzdem noch einmal, denn wenn's um Magie geht, muss man ja alles drei Mal aussprechen. Aber kein Blitz schlug ein, kein Donner grollte, und es stoben auch keine Funken um mich herum.
Tja, es half alles nichts. Heute Abend war mein geruhsames Leben als Einzelkind endgültig vorbei. Dann war Mia da. In einer Stunde würde sie starten, und zweieinhalb Stunden später war sie dann hier. Es gab nur noch einen einzigen winzigen Hoffnungsschimmer: Vielleicht konnte ich wenigstens dafür sorgen, dass sie nicht allzu lange blieb. Ein paar Monate waren echt zu viel. Wie sollte ich das durchstehen? Und dann fasste ich einen richtig dämlichen Plan.
Puh, ich weiß, was ich jetzt zugebe, zeigt mich nicht in meinem besten Licht. Aber um mich zu verstehen, muss man das in einem größeren Zusammenhang sehen. Ich war damals echt gestresst. Mein Spanien-Urlaub war geplatzt. Die geplante Strandidylle war futsch. Stattdessen wohnte ich zwischen Umzugskisten in einer winzigen Mönchszelle und wurde von rosaroten Mini-Monstern verfolgt. Eigentlich hielt ich mich echt gut. Ich meine, mal objektiv betrachtet: Ich machte aus dieser Lage das Beste. Andere machen aus sowas Horrorfilme!
Und seit Kurzem hatte ich auch noch einen Job, ich half Opa, den Laden in Schuss zu halten.
Klingt doch ganz gut, könnte man denken. Und ja, die Arbeit im Laden machte mir Spaß. Aber jetzt komme ich zum Problem, und damit gleichzeitig zu dem Grund, warum ich damals

so extrem gestresst war: Die Zwillinge durften nicht in Frau Wunderlichs Reich, weil dort ganz viele wertvolle Sachen herumstanden und -lagen. Nicht auszudenken, wenn hier etwas runterfiel! Aber seit dem Beginn unseres heimlichen Krieges klebten die beiden an mir wie Hundekacke am Schuh. Schon drei Mal hatten sie sich heimlich in den Laden geschlichen, und einmal hätten sie dabei fast eine wertvolle Kaminuhr von einem Tischchen gefegt. Ich konnte das Ding gerade noch auffangen. Deswegen passte ich auf wie ein Luchs, und wenn ich irgendwo auch nur ein leises Geräusch hörte, zuckte ich zusammen, als hätte mich ein Stromschlag getroffen. Das war Stress pur. Wir hatten nämlich viel Kundschaft, und Opa schaffte die Beratungsgespräche oft nicht allein. Wenn ich dann Kundenfragen beantworten musste, war ich sowieso schon immer extrem aufgeregt, ich hatte ja keine Ahnung von Antiquitäten. Und dann auch noch dieser Zwillings-Horror.

Mit der Zeit wurde ich allerdings besser, was die Antiquitäten anging. Frau Wunderlich hatte ein Buch, in das sie jeden Gegenstand eintrug, und dort konnte ich nachlesen, wie alt und wie wertvoll etwas war. Und nach ein paar Tagen kannte ich mich sogar schon ein bisschen aus und konnte zum Beispiel Jugendstilmöbel von welchen aus der Gründerzeit unterscheiden. Trotzdem, ich brauchte dazu all meine Konzentration, es war fast wie Vokabellernen. Und jetzt auch noch Mia. Mir wurde alles zu viel.

Deswegen, und nur deswegen, fasste ich in diesem Moment in Frau Wunderlichs Laden den wirklich wunderlichen Plan, dass Mia sich hier bei uns nicht so richtig wohlfühlen sollte.

Ich schwöre, ich wollte sie nicht quälen, sie hatte mir ja überhaupt nichts getan. Aber ich wollte ein leichtes, unschädliches, harmloses Unwohlsein bei ihr erzeugen. Nur ein klitzekleines Heimweh. Gerade so viel davon, dass sie ihre Abreise beschleunigen würde. Ich fand, ein oder zwei Wochen Deutschland, das war doch eigentlich genug. Da hatte sie mal was anderes gesehen, konnte wieder aus meinem Leben verschwinden und in ihr eigenes zurückkehren. Es mussten doch nicht gleich ein paar Monate sein. Wenn sie dann weg war, hatte ich vielleicht noch ein paar Tage Sommerferien übrig, in denen ich etwas unternehmen konnte. Und in den Herbstferien konnte ich, wenn alles glatt lief, doch noch mit Jojo nach Spanien fahren. Mia war ja dann Vergangenheit.

So hatte ich mir das gedacht, und wenn ich diesen Plan noch umsetzen wollte, musste ich ganz schnell damit anfangen. Was ich dafür brauchte, hatte ich von den Zwillingen gelernt: Man durfte nicht nett und nicht empfindlich sein.

Ich sagte also Opa Bescheid, dass ich heute ein bisschen früher aufhören musste, weil ich noch ein paar Vorbereitungen für Mia treffen wollte, und flitzte nach oben.

Meine Mutter lag auf dem Sofa und blätterte in einer Zeitschrift. »Wo willst du denn so schnell hin?«, fragte sie, als ich an ihr vorbeisauste.

»Muss noch Mias Bett beziehen«, rief ich ihr zu.

Überrascht sah sie auf. »Ich habe ihr schon Bettwäsche hingelegt, den Rest kann sie doch selbst machen.«

»Na hör mal«, meinte ich, schon fast an der Treppe. »Sie ist doch unser Gast.«

Mama runzelte die Stirn. »Ich hätte nicht gedacht, dass du dich so auf sie freust«, meinte sie.
Dazu sagte ich lieber nichts.
Als ich oben war, ging ich in mein Zimmer, zog die Schublade unter meinem Bett auf und entnahm ihr meine superwarme Winterbettdecke. Die tauschte ich in Mias Zimmer gegen die leichte Sommerdecke aus, die meine Mutter bereitgelegt hatte. Anschließend bezog ich Mias Bett, sodass meine Mutter von dem Tausch nichts merken konnte. Ich drehte beim Bettbeziehen auch die Matratze um, damit die warme Winterseite oben lag. Und als ich dabei entdeckte, dass man die Latten des Bettrostes einzeln entfernen konnte, beschloss ich, dass Mia leider auf jede zweite davon verzichten musste. Ich zog sie heraus und versteckte sie in meinem Zimmer.
Als ich fertig war, hatte ich erst ein schlechtes Gewissen, aber das schob ich schleunigst beiseite. Klar, Mia würde in diesem Bett garantiert schwitzen, und nach ein paar Stunden würde sie auch jeden Knochen spüren. Aber gesundheitsschädlich war das alles nicht. Zufrieden ging ich zum zweiten Punkt auf meiner Liste über, und der war wirklich ein bisschen gemein. Meine Eltern hatten in Mias und meinem Zimmer Lampen an die Wände geschraubt, die das Licht an die Decke strahlten und so für indirekte Beleuchtung sorgten. Auf diese Deckenstrahler streute ich nun feines Knoblauchpulver. Es sah aus wie Staub, aber wenn die Lampen brannten, wurde es warm und begann zu stinken. Das hatten die Zwölftklässler letztes Jahr als Abi-Streich in allen Klassenzimmern gemacht, und zwar mit nasenbetäubendem Erfolg. Und obwohl das natürlich eindeutig ein

ziemlich alberner Kinderstreich war, musste er jetzt eben noch mal herhalten.
So. Fertig. Mia konnte kommen. Ihre Nächte würden nicht sehr angenehm werden, dafür hatte ich gesorgt. Und ihre Tage auch nicht. Dafür würde der Rest meiner Familie ganz von alleine sorgen.

Als ich gerade leise die Tür zu Mias Zimmer schloss, summte mein Handy in meiner Hosentasche. Nachricht von Jojo!

Jojo +491576790456342517

Jojo, 15:47

Und? Wann kommt sie? ✓✓

Tess, 15:49

Um fünf. Aber sie wird nicht lange bleiben. Ich hab da nämlich einen Plan. Ihr Bett ist jetzt nicht mehr bequem … ✓✓

Jojo, 15:54

Sag, dass du das nicht getan hast!!! ✓✓

Tess, 15:58

Doch!!! Und ihr Zimmer riecht nicht gut. Gar nicht gut! Knofi! ☺ ✓✓

Jojo, 16:03

??? ✓✓

Tess, 16:07

Sorry, muss los! Mia holen. ✓✓

9

Meine Eltern, mein Opa und ich kamen mit quietschenden Reifen am Flughafen an. Opa und ich stiegen vorm Terminal aus, meine Eltern fuhren allein weiter, um einen Parkplatz zu suchen. Laut Anzeigetafel war die Maschine aus Helsinki schon gelandet.

Wir eilten in die Halle und suchten den verabredeten Treffpunkt, den Meeting Point in Terminal eins. Meine Güte, war da ein Gedränge! Dauernd hatte man irgendeinen Koffer in der Kniekehle oder einen Ellenbogen im Magen. Wir konnten beim besten Willen nicht unterscheiden, wer hier wartete, und wer nur stehen blieb, weil er nicht durchkam. Ein sechzehnjähriges Mädchen ohne Begleitung sahen wir nicht. »Vielleicht steht Mia noch am Gepäckband und wartet auf ihren Koffer«, vermutete mein Opa und sah sich suchend um.

»Hast du ein Foto von ihr?«, fragte ich. »Ist sie blond? Dunkel? Groß? Klein?«

Er zuckte mit den Schultern. »Keine Ahnung, ich hab kein Bild. Matti wird ihr wohl beschrieben haben, wie ich aussehe. Und sie hat meine Handy-Nummer, sie kann uns anrufen, wenn sie uns nicht findet.«

Aber das tat Mia nicht.

Zwanzig Minuten später war sie immer noch nicht da. Aber wenigstens hatten meine Eltern uns erspäht und bahnten sich jetzt einen Weg durch die Menschenmassen auf uns zu. In der ungewohnten Umgebung fiel mir plötzlich auf, wie jung die beiden aussahen. Mein Vater trug eine Jeans und ein hellblaues Hemd, meine Mutter ein geblümtes Sommerkleid, ihre Haare hatte sie zu einem Pferdeschwanz zusammengebunden. Sie wirkten überhaupt nicht so oberlehrerhaft, wie sie sich in den letzten Wochen benommen hatten. Vielleicht brauchten sie einfach auch mal ein bisschen Urlaub, so wie die ganzen Touristen hier. Sie hatten sich beim Umzug ja auch halbtot gearbeitet, genau wie ich. War wohl für uns alle keine leichte Zeit gewesen.

Opa sah allerdings langsam ein bisschen müde aus, kein Wunder, es war heiß und stickig, und er war ja nicht mehr der Jüngste. »Vielleicht ist was mit Mias Gepäck«, überlegte er laut.

»Ruf sie doch mal an«, meinte ich.

»Kann ich nicht. Sie hat meine Nummer, aber ich hab ihre nicht.«

Wir konnten also nur warten. Ein paar Meter weiter stand eine Bank, ein paar Sitzplätze waren noch frei. »Opa, setz dich doch«, schlug ich vor.

Er zog eine Augenbraue hoch. »Tess! Ich mag zwar alt sein, aber gebrechlich bin ich nicht.«

»Mama? Papa? Wollt ihr vielleicht …?« Wieder trafen mich vernichtende Blicke. Puh, waren die empfindlich! Es war echt nicht leicht, in dieser Familie wohlerzogen zu sein.

Weil mir heiß war und meine Füße wehtaten, ging ich selbst

zu dieser Bank und ließ mich auf einen freien Sitz fallen. Der Typ neben mir rückte ein bisschen zur Seite und zog seinen Rucksack aus dem Weg. Er war ungefähr so alt wie ich und richtig süß: groß, breitschultrig, zerzauste, ganz hellblonde Haare, weißes T-Shirt, Jeans. Ich fand die Idee mit dem Sitzplatz immer besser, je länger ich ihn aus den Augenwinkeln betrachtete. Er las in einem Buch und strahlte dabei so viel Ruhe aus, als säße er ganz allein auf einer grünen Wiese und nicht in einem hektischen Flughafenterminal. Ich verfluchte das ausgeleierte T-Shirt und die uncoolen Shorts (hellblau, geblümt), die ich angezogen hatte, weil ich Mia keine falschen Hoffnungen auf Partys oder Shoppingtouren machen wollte. Und ich hatte außerdem vergessen, meine Augenbrauen nachzustricheln. Wenn ich ein bisschen besser gestylt gewesen wäre, hätte ich vielleicht ... Nein, bleiben wir bei der Wahrheit. Realistisch betrachtet hätte ich mich auch in einem anderen Outfit garantiert nicht getraut, den Typ anzusprechen. Was man in solchen Situationen sagen kann, fällt mir immer erst nach drei Tagen ein. Wenn überhaupt. Bestimmt wollte der auch gar nicht angesprochen werden, sonst hätte er sich nicht so intensiv in sein Buch vertieft.

Weil mir beim Warten auf Mia langweilig war, versuchte ich, den Titel zu entziffern. Irgendwas mit »Urban Gardening« stand da, und darunter noch irgendwas, auch auf Englisch. Ob er Amerikaner war? Oder Australier? Für einen Engländer war er zu braun gebrannt. Oder war das ein Vorurteil, dass die nie Sonne hatten?

Jetzt steckte der Junge das Buch in den Rucksack und zog sein

Handy aus der Hosentasche. Bestimmt rief er seine Freundin an. Die Glückliche! Ich spitzte die Ohren, um wenigstens dabei mal seine Stimme zu hören. Aber ausgerechnet in diesem Moment kam Bewegung in meine Familie. Opa hielt sein Handy ans Ohr und rief aufgeregt etwas hinein, mein Vater sah sich um, meine Mutter winkte mich zu sich. Ich sprang auf und ging zu den dreien.

»Mia ruft an!«, rief meine Mutter mir entgegen.

»Nein«, sagte da eine auffallend tiefe Stimme hinter mir, und ich drehte mich um.

Wow! Da stand der sexy Jeans-Typ. Seine Augen waren blau. Sehr blau. Er hatte ein hinreißend schiefes Lächeln und wirkte immer noch auf eine ganz natürliche Weise lässig und cool. »Nicht Mia«, sagte er. »Mika.« Er steckte das Handy in die Tasche und reichte meinem Opa die Hand. »Herzliche Grüße von Matti«, sagte er mit seiner umwerfend rauchigen Lonely-Cowboy-Stimme. »Ich bin seine Enkelkind.«

Ähm, nee, oder?

Wir waren alle vier komplett verdattert. Ich verlor das Gleichgewicht und wäre fast aus den Latschen gekippt. Meine Mutter riss die Augen so weit auf, dass ich mir Sorgen um ihre Kontaktlinsen machte. Mein Vater schüttelte ungläubig den Kopf, und Opa blickte zwischen dem Handy in seiner Hand und dem blonden Typ hin und her und wusste überhaupt nicht, was er sagen sollte.

»Ähm«, meinte meine Mutter schließlich wenig geistreich.

»Aber …«, sagte Opa.

»Also, das ist …«, setzte mein Vater hinzu. Ich schüttelte nur fassungslos den Kopf. Das mussten wir erst mal verdauen. Aber dafür blieb zumindest mir keine Zeit, denn jetzt wandte sich der Junge mir zu, und mich traf ein meerblauer Blick. »Und du bist Tess?«

Ich schnappte nach Luft wie ein Karpfen an Land, was er zum Glück als Zustimmung wertete. »Ich freue mich«, sagte er. »Wir werden ab jetzt teilen unsere Leben.« Wieder dieses süße schiefe Lächeln.

Teilen? In diesem Moment hätte er es ganz haben können!

Aber so einfach war das leider nicht mit dem gemeinsamen Leben, denn im Moment schaffte ich nicht mal ein gemeinsames Gespräch. Ich wusste, ich musste jetzt irgendwas sagen. Oder tun. Am besten beides, Mika sah mich nämlich auffordernd an. Und wenn ich nichts sagte, würde unser Leben einfach nicht weitergehen, wir würden ewig hier stehen und uns anstarren.

Aber leider legten Mikas blaue Augen mein Sprachzentrum komplett lahm, und mir fiel beim besten Willen kein Wort ein, das jetzt gepasst hätte. Ich machte wieder nur Mundbewegungen wie ein halbtoter Fisch.

Es war meine Mutter, die die Situation rettete. Selten habe ich sie so geliebt wie in diesem Moment. »Na, das ist ja mal eine Überraschung«, sagte sie. »Wir hatten mit einer Mia gerechnet.«

Tja, so einfach war das, ein Satz, und schon lief das Gespräch. Mika runzelte die Stirn. »Wirklich? In Finnland Mia ist ein Name für Mädchen«, sagte er.

»Ja.« Meine Mutter nickte. »In Deutschland auch. Aber wir

hatten auch wirklich mit einem Mädchen gerechnet. Wir dachten, dein Großvater spräche von einer Enkel*tochter*.«
»Oh.« Mika wirkte betroffen. »Er hat aber nur mich. Und ich bin kein Mädchen. Nie gewesen.« Er zuckte bedauernd mit den Schultern.
Nicht dass ich dagegen etwas gehabt hätte. Ich fand die aktuelle Entwicklung überaus … interessant. Aber mein Opa tat mir leid. Er strich sich mit beiden Händen durch die wenigen weißen Haare, die nun um seinen Kopf standen und ihm das Aussehen eines alten Professors verliehen. »Das war dann wohl mein Fehler«, meinte er und knetete verlegen seine Hände. »Mein Finnisch ist nicht gut.« Er stockte. »Und mein Englisch auch nicht. Da haben Matti und ich es eben auf Deutsch versucht.« Jetzt rieb er sich nervös die Nase.
»Ach so.« Mika versuchte, ein Schmunzeln zu unterdrücken. »Die Deutsch von meine Opa ist auch nicht gut.«
»Ist doch egal.« Meine Mutter klatschte in die Hände und lächelte Opa aufmunternd an. »Mia – Mika, Hauptsache, du bist da. Ist das alles Gepäck, das du hast?« Außer einem großen Rucksack trug Mika nichts bei sich.
»Ich wollte nicht so viele Grimsgrams mitnehmen.« Er grinste mich breit an.
Ähm, machte der sich etwa über mich lustig? Ich hätte jetzt gern etwas Schlagfertiges gesagt, aber da war wieder nur Nebel in meinem Sprachzentrum. Also lächelte ich einfach zurück. Oder versuchte es wenigstens. Was dabei herauskam, sah wohl eher so aus, als würde ich einem Kieferorthopäden meine Schneidezähne zeigen. Schrecklich!

Meine Eltern und Mika fingen sich erstaunlich schnell wieder. Oder vielleicht taten sie auch nur so. Als wir zum Auto gingen, plauderte Mika schon so locker und fröhlich mit den beiden über den Flug, als würde er sie seit Jahren kennen.
Ich ging schweigend hinterher, versuchte, meine Gedanken zu sortieren, und war froh, dass niemand auf die Idee kam, mich anzusprechen. Auch Opa war ganz still. Bestimmt war ihm das Mia-Mika-Missverständnis immer noch peinlich. Es war ja seine Schuld gewesen.
Aber war es das wirklich? Nachdenklich betrachtete ich den Jungen in Jeans und T-Shirt, der entspannt über den Parkplatz schlenderte, den Rucksack lässig über der Schulter. Klar, Opas Englisch war wirklich schlecht, und als Matti das Wort Grandchild dann mit *meine Enkelkind* übersetzte, war es klar, dass Opa an ein Mädchen dachte. Und vermutlich hatte auch die schlechte Handy-Verbindung dafür gesorgt, dass aus Mika eine Mia wurde. Aber war das alles wirklich nur Opas Fehler gewesen? Ich rief mir die Situation eben am Flughafen noch einmal vor Augen. Wir waren alle vor Schreck fast aus den Latschen gekippt, als wir das Missverständnis entdeckten. Nur Mika nicht. Der war so gelassen geblieben, als hätte er mit einer solchen Situation geradezu gerechnet. Oder war der Typ einfach grundsätzlich cool wie ein finnischer Eisberg?
Als ich zwischen Mika und meiner Mutter hinten im Auto saß und versuchte, in den Kurven nicht auf ihn zu kippen, was fast unmöglich war, wuchsen meine Zweifel. Meinen Brief hatte ich doch ganz eindeutig an eine Mia adressiert, und auch inhaltlich hatte ich mich darin eindeutig an ein Mädchen gewandt.

Klamotten, Badezimmer, Krimskrams, das alles hätte ich einem Jungen nie geschrieben, das musste er doch gemerkt haben. Aber Mika hatte nichts richtiggestellt, er hatte sogar mit Mik unterschrieben. Und wenn aus einer Theresa eine Tess werden konnte, warum dann nicht auch aus einer Mia eine Mik? Nein, der Typ musste genau gewusst haben, dass wir mit einem Mädchen rechneten. Und er hatte nichts dagegen getan. Seltsam.
Ich musterte Mika unauffällig von der Seite. Er sah aus dem Fenster, als wäre er unglaublich neugierig auf seine neue Umgebung. Aber als er merkte, dass ich ihn ansah, war da plötzlich ein spöttisches Funkeln in seinen Augen. Oder doch nicht? Jetzt war es wieder weg. Vielleicht hatte ich mir das nur eingebildet.
War er wirklich so locker und nett, wie er wirkte? Oder war er einfach ein guter Schauspieler?
Mein Vater fuhr schnell in eine Kurve, und ich rutschte mal wieder gefährlich nah an Mika heran. Er roch nach frischer Wäsche und ein bisschen nach Zimt. Das musste man bei dieser Hitze erst mal schaffen. Unauffällig versuchte ich, an mir selbst zu schnüffeln, hoffentlich roch ich nicht nach Schweiß oder Knoblauch.
Oh nein! Ich zuckte zusammen. Das Knofi-Pulver! Das hatte ich ja ganz vergessen. Und, autsch, das präparierte Bett.
Plötzlich war mir meine Aktion schrecklich peinlich. Die Sabotage, die ich vor zwei Stunden noch notwendig und ein bisschen lustig gefunden hatte, kam mir plötzlich nur noch albern und kindisch vor. Erstens, weil ich gar nicht mehr unbedingt wollte, dass Mika abreiste, und zweitens, weil ein cooler Typ

wie er garantiert nicht wegen Knoblauchgestank oder einem unbequemen Bett Heimweh bekommen würde. Der würde das Problem analysieren, es mit ein paar Handgriffen beheben – und gut. Und er würde genau wissen, wer hinter den blöden Streichen steckte.

Und drittens – überhaupt. Puh, was hatte ich mir dabei nur gedacht? Durch den Kleinkrieg mit meinen beiden viel jüngeren Cousinen war ich in was reingerutscht, das ich in meinem Alter echt so langsam hinter mir haben sollte. Streiche. Oh Gott, wie kindisch, ich konnte mich selbst nicht mehr verstehen. Fehlte nur noch, dass ich Mika den Schlafanzug zunähte oder in seinem Zimmer ganz viele Wecker versteckte. Warum hatte ich das nur getan? Ausgerechnet jetzt musste ich mich so blamieren. Ausgerechnet vor diesem Typ mit den sommerhimmelblauen Augen.

Ich musste was tun. Ganz schnell. Nur was? Ich zermarterte mir mein Gehirn, aber mir fiel nichts ein. Das konnte doch nicht sein! Fieberhaft überlegte ich, wie ich aus der Nummer wieder rauskommen konnte. Eigentlich gab es nur einen Weg: Ich musste *vor* Mika in das Zimmer kommen und da ganz schnell den Normalzustand herstellen. Nur wie sollte ich das schaffen?

Als wir in unsere Straße einbogen, sah ich eine winzige Chance. Vielleicht waren ja alle zu Hause, die ganze Großfamilie. Dann würde ich einfach schon mal hochsausen. Bis Mika sämtliche Hände geschüttelt hatte, konnte ich wenigstens die Bettdecke austauschen und den Knofi von den Lampen wischen. Und die Latten des Rostes würde ich einfach lose unter die Matratze schieben, sodass Mika sie beim ersten Klappern selbst einlegen

konnte. Das würde er vielleicht als Umzugspanne deuten und nicht länger darüber nachdenken.
Aber als wir vor unserem Haus parkten, sah ich sofort, dass das Auto von Tante Gwenny und Onkel Marius weg war. Im Treppenhaus hörte man keine Kinderstimme. Und auch Bastis Bässe wummerten nicht. Die geliebte Familie – wenn man sie mal brauchte, war sie nicht da.
Kurzentschlossen zeigte ich auf die Tür von Frau Wunderlichs Laden. »Sieh mal«, sagte ich zu Mika und war froh, dass meine Stimme funktionierte. »Hier ist ein Antiquitätengeschäft, in dem mein Großvater und ich gerade aushelfen, weil die Besitzerin im Krankenhaus ist. Möchtest du es besichtigen?« Schon war ich am Treppengeländer, holte den Schlüssel aus seinem Versteck und schloss die Tür zum Laden auf.
»Jetzt?«, fragte meine Mutter entgeistert.
»Klar«, sagte Mika zeitgleich und ließ seinen Rucksack auf die Treppe fallen. »Ich liebe alte Sachen.«
»Mein Großvater weiß viel darüber«, sagte ich und sah Opa auffordernd an. Ich hoffte, dass er die Initiative ergreifen und Mika den Laden zeigen würde, sodass ich mich heimlich verdrücken konnte.
Leider winkte mein Opa ab und zwinkerte mir heimlich zu. »Das machst du viel besser«, sagte er. »Ich leg mich vorm Essen lieber noch ein bisschen hin.«
Ich glaube, er dachte, dass ich mit Mika allein sein wollte, und kam sich unglaublich verständnisvoll vor. Ich versuchte, ihm mit Blicken eine Botschaft zuzusenden, aber die kam wohl ganz falsch rüber. »Das schaffst du schon«, raunte er mir zu.

Tja, ich hatte verloren. Zwei Minuten später stand ich mit Mika zwischen Standuhren, verschnörkelten Glasvitrinen und altehrwürdigen Schränken. Und hatte definitiv keine Chance, heimlich vor ihm in sein Zimmer zu kommen.

Mika sah sich aufmerksam um und strich mit der Hand über einen kleinen Tisch aus Walnussholz. »Schön«, sagte er. »Sehr schön.« Er ging auf das Klavier zu, öffnete den Deckel, schloss ihn aber gleich wieder und wandte sich ab. Ich konnte sein Gesicht trotzdem sehen, denn vor ihm hing ein großer goldener Spiegel, den ich am Morgen blankgeputzt hatte. Mika wirkte plötzlich gar nicht mehr cool, fast ein bisschen verloren. Aber bevor ich darüber nachdenken konnte, bemerkte er meinen Blick, und sein Gesicht war sofort wieder glatt und unbewegt. Leise sagte er etwas, das ich nicht verstand.

»Wie bitte?«

»Ledneval Tlaru.« Er wies auf den Schriftzug am Schaufenster. »Das klingt wie eine alte Zauberspruch, findest du nicht?«

»Ja«, sagte ich. Vielleicht hatten wir doch mehr gemeinsam, als ich gedacht hatte.

Er drehte sich um und sah mich direkt an. »Stell dir vor, du könntest mit diese Zauberspruch in die Vergangenheit reisen. In welche Zeit und in welche Land würdest du wollen?«

»Amerika. Wilder Westen. Neunzehntes Jahrhundert«, sagte ich, ohne nachzudenken. Das lag garantiert an dieser Cowboy-Stimme.

»Warum? Was willst du da?« Seine blauen Augen musterten mich nachdenklich. Rasch schüttelte ich meine Haare, sodass sie meine ungleichen Augenbrauen verdeckten.

»Nach Gold graben«, sagte ich, nur um irgendwas zu sagen. »Schießen lernen. Postkutsche fahren. Was man da halt so macht.«

Er nickte. »Gut.«

Ich sah ihn an. In seinen Augen war kein Spott, das machte mich mutig. »Und du?«, fragte ich. »Wohin würdest du reisen?«

»Wild West ist gut, ich komme mit«, sagte er. »Aber ich will lieber ein Ranch. Wenn du mal vorbeireitest, du bist herzlich willkommen. Ich brate dir eine Steak.«

Ich grinste. »Okay. Ich komme.«

Vor meinem inneren Auge sah ich es vor mir wie in einem Werbespot: *Ich sitze auf den ausgebleichten Holzstufen seiner Ranch, einen Grashalm zwischen den Zähnen. Er ist noch nicht da, ich warte auf seine Rückkehr. Eine Fliege summt vorbei. Ein Gatter quietscht im Wind. Und dann höre ich Hufe klappern. Mika taucht am Horizont auf, sein temperamentvolles Pferd bäumt sich auf, aber er sitzt fest im Sattel. Er reitet näher, doch er bemerkt mich nicht. Wenige Meter von mir entfernt springt er vom Pferd, geht zum Brunnen und betätigt den Pumpschwengel. Mit einer einzigen Handbewegung zieht er sein staubiges T-Shirt über den Kopf. Er schöpft Wasser mit seinen Händen und spritzt es sich ins Gesicht. Als er sich aufrichtet, schüttelt er sich und ist umgeben von einem glitzernden Tropfenschauer. Dabei sieht er mich, und auf seinem Gesicht erscheint ein hinreißend schiefes Lächeln. »Tess«, sagt er leise, mit tiefer Stimme.*

Und dann brüllt er los, laut, durchdringend und schrill: »Teeeheeheeeeess!«

Ähm. Was??? Moment! Nein, das passte nicht.

Ich erwachte aus meinem Tagtraum, zuckte zusammen und stieß mir den Ellenbogen an einem Schrank an. Was da so schrill nach mir rief, war natürlich nicht Cowboy Mika auf seiner Ranch, sondern Mama Walter im Treppenhaus.
Jetzt rief sie wieder. »Teeehess! Miiiika! Eeeeessen!«
»Wir kommen!«, rief ich, als ich mich gefangen hatte. Und wieder mal fragte ich mich, wie man in Gegenwart seiner Eltern jemals ein Abenteuer erleben soll. Das ging ja nicht mal in Gedanken.
Auf dem Weg nach oben summte mein Handy, und ich war froh über die Ablenkung.

Jojo +491576790456342517

Jojo, 18:37

Und??? Wie ist Mia? ✓✓

Tess, 18:38

Groß. Blond. Schweigsam. Männlich. Und sie heißt nicht Mia. Er heißt Mika. ✓✓

Jojo, 18:39

Nicht dein Ernst, oder? ✓✓

Tess, 18:39

Doch!!! ✓✓

Jojo, 18:40

??? ✓✓

Tess, 18:42

Jojo, bitte hilf mir! Das Leben schickt mir einen süßen Finnen mit meerblauen Augen. Und was mach ich? Ich mach heimlich seinen Bettrost kaputt und streu ihm Knoblauch ins Zimmer! ✓✓

Jojo, 18:45

Ich glaub, da gibt's keine Rettung. Arme Tess! ✓✓

10

Mika stand mitten in unserer Wohnung, den Rucksack über der Schulter. Er blickte sich um, und was er sah, schien ihm zu gefallen. Selbst ich musste zugeben, dass sich die Arbeit der vergangenen Wochen gelohnt hatte. Alles war hell, bunt und stylish.

Wenn man unsere Wohnung betritt, steht man in einer Art breitem Flur. Rechts und links sind Türen, die ins Elternschlafzimmer, ins Arbeitszimmer, ins Bad und in die Küche führen. Nach ein paar Metern weitet sich der Flur dann ohne Zwischentür zu einem riesigen Wohnzimmer, das wir durch die Möblierung in unterschiedliche Nischen eingeteilt haben. Gleich rechts ist die Essecke. Dann kommt eine Fernsehnische, und in der dritten Ecke gibt es einen gemütlichen Leseplatz. Von dort gelangt man auch auf den Balkon. In der vierten Ecke, also quasi gleich links nach dem Flur, befindet sich die Treppe, die nach oben führt, zu meinem und Mikas Zimmer und zu unserem Bad.

Das Wohnzimmer ist also ein riesiges, offenes Durchgangszimmer, da kann man nie allein sein, und wer nach oben will, muss da durch. Aber das stört uns nicht. Jeder von uns hat ja auch einen stillen Rückzugsraum, in dem er sich einigeln kann,

wenn er mal seine Ruhe braucht. Und der Raumeindruck in diesem großen, offenen Zimmer ist einfach toll. Man hat hier Luft zum Atmen.
Jetzt hatte der Raum aber einen Nachteil: Ich konnte nicht unbemerkt nach oben sausen, ohne dass Mika das merkte. Denn die Treppe sah man einfach von jedem Ort aus.
»Tess, zeigst du Mika bitte sein Zimmer?«, fragte meine Mutter. »Und dann komm runter, und deck den Tisch.«
Na toll, das war's. Mika würde sein Zimmer beziehen, und ich hatte endgültig verloren.
Doch ich hatte Glück. Mika stellte in seinem Zimmer nur kurz den Rucksack ab, lehnte ihn gegen den Schrank, warf einen Blick aus dem Fenster und folgte mir dann wieder nach unten, um mir beim Tischdecken zu helfen.
Ich hatte noch einmal eine Gnadenfrist erhalten; und noch etwas geschah: Ich fing an, mich in seiner Nähe immer wohler zu fühlen. Sogar mein Sprachzentrum funktionierte wieder. Kurz überlegte ich, ob ich ihm einfach von meinem Sabotageakt erzählen sollte. Vielleicht würde er darüber lachen, und wir konnten das Zimmer zusammen in Ordnung bringen.
Aber dann kam alles anders. Als wir die Teller auf dem Tisch verteilten, hörte ich vor der Wohnungstür Kinderstimmen. Ich verdrehte in gespielter Verzweiflung die Augen. »Achtung«, sagte ich. »Die Monsterkids sind im Anmarsch. Wappne dich, die sind nichts für zarte Gemüter.«
Mika zog eine Augenbraue hoch und sah mich fragend an. Ich wies auf die Tür. »Da kommen meine Cousinen und Cousins. Eine richtige Rasselbande!«

Mika runzelte die Stirn. »Magst du sie nicht?«, fragte er.
»Doch, klar. Sie sind nur leider ein bisschen anstrengend.« Ich grinste, in der Annahme, er wüsste, wie ich das meinte.
Aber an seiner Reaktion erkannte ich, dass das nicht der Fall war. »Wenn du sie magst, warum sprichst du dann schlecht von ihnen?«, wollte er wissen.
Peng! Damit hatte ich echt nicht gerechnet. »Ich spreche doch nicht schlecht über sie!« Ich spürte, wie mein Gesicht heiß wurde. Bestimmt wechselte ich gerade die Farbe Richtung Tomatenrot. »Das war Small-Talk. Einfach so dahingeplaudert.«
Mika sah mich nur an. Zum Glück klingelte es jetzt. Ich ging zur Wohnungstür, um zu öffnen, und Mika folgte mir.
Da standen die Kids, alle vier: Leo, Lucy, Lotte, Lilith. »Wir wollen den neuen Jungen sehen!«, quäkte Leo.
Ich hielt ihnen die Tür auf. »Na, dann kommt mal rein.« Erst jetzt bemerkte ich, dass Lucy – oder war es Lotte? – einen etwas zerquetscht wirkenden Kuchen mit rosaroter Glasur trug. Und die andere hielt einen Gänseblümchenstrauß in der Hand.
»Hallo«, sagte der Zwilling mit dem Kuchen zu Mika. »Ich bin Lotte.« Mist. Falsch getippt. Ich sollte sie wirklich langsam unterscheiden können.
»Ich bin Lucy«, sagte der andere Zwilling.
»Und ich Lilith.« Wow! Lilith lächelte sogar. Das sahen wir an ihr nicht oft.
Nur Leo sagte nichts. Nicht mal Popomann. Ich glaube, er war viel zu beeindruckt von Mika, so wie er ihn mit großen, runden Augen anstarrte.

Mika ging vor Leo in die Hocke. »Und wer bist du?«, fragte er mit seinem rollenden R.
Leo hatte offenbar ein ähnliches Problem mit seinem Sprachzentrum wie ich am Flughafen. Er schnappte ein bisschen nach Luft und schluckte ein paar Mal, bevor er seinen Namen piepsen konnte. Aber er schaffte es, und danach gab er Mika die Hand. Ja, wirklich. Leo. Gab. Mika. Die. Hand.
Um es kurz zu machen: Die vier waren sowas von wohlerzogen, von denen konnte ich mir eine Scheibe abschneiden.
Ich habe keine Ahnung, wie ich den Rest des Abends überstand. Auf jeden Fall konnte ich mich plötzlich selbst nicht mehr leiden. Neulich in Bio hatte ich noch gedacht, ich wäre so eine Art Füllmaterial, wie Verpackungschips aus Styropor. Und ich hatte gedacht, dass ich zu NETT rüberkäme. Tja. Heute hatte ich mich durch Mikas Augen gesehen, und da sah ich ganz anders aus. Wenn schon Verpackungsmaterial, dann war ich wohl eher sowas wie Glaswolle, mit der man Dächer »verpackt«. Piksig und ätzend.
Ich war genervt von mir selbst und der ganzen Welt und wollte nur noch ins Bett. Mikas Zimmer war mir inzwischen fast egal. Darauf kam es jetzt auch nicht mehr an.
»Gute Nacht!«, rief meine Mutter uns nach, als wir gegen zehn nach oben gingen. »Schlaft gut! Mika, merk dir, was du träumst. Wir in Deutschland sagen: Was man in seiner ersten Nacht in einem neuen Bett träumt, wird wahr!«
Tja, dachte ich, Knoblauchgeruch und ein Bett wie ein Schwitzkasten. Was kann man da träumen? Sicher nichts, was wahr werden sollte.

»Möchtest du zuerst in die Bad?«, fragte Mika.
Ich schüttelte müde den Kopf. »Du bist der Gast!«
»Ich will gleich noch duschen. Geh du ruhig zuerst.«
»Dusch ruhig, das stört mich nicht. Ich lese sowieso noch. Gute Nacht.«
Er nickte. »Gute Nacht.«
Ich las aber natürlich nicht. Als ich in meinem Zimmer war, lauschte ich angespannt auf die Geräusche von nebenan. Ich hörte den Lichtschalter, dann klapperte die Schranktür. Gleich danach hörte ich Schritte im Flur, Mika ging ins Bad und schloss ab. Noch hatte er offenbar in seinem Zimmer nichts Ungewöhnliches bemerkt. Die Lampe musste natürlich erst heiß werden, bevor etwas zu riechen war.
Und da entschied ich mich trotz meiner Müdigkeit spontan für einen allerletzten Rettungsversuch meines angeknacksten Rufs. Ich holte die Sommerdecke und die Holzlatten aus meinem Bettkasten, schnappte mir ein weiches Halstuch, mit dem ich die Krümelchen von der Lampe wischen wollte, und eine flache Pappschachtel, um sie aufzufangen. Das waren die erstbesten Werkzeuge zur Knofi-Beseitigung, die mir in die Hände fielen, ich hatte ja nicht viel Zeit, um nachzudenken. Das alles klemmte ich mir unter den Arm, und ich wollte gerade mein Zimmer verlassen, als ich vor der Tür noch einmal etwas hörte. Ich stoppte, die Holzlatten kamen ins Rutschen, und fielen polternd aufs Parkett. »Tess? Alles klar bei dir?«, fragte Mikas tiefe Stimme vor meiner Tür.
»Alles bestens, nur ein paar … ähm, Kleiderbügel, die runtergefallen sind«, rief ich.

Vor der Tür wurde es wieder still, und ich beschloss, erst mal nur die dünne Decke und mein Knofi-Beseitigungs-Set mitzunehmen. Den Lattenrost konnte ich zur Not auch morgen noch in Ordnung bringen, das fiel Mika vielleicht gar nicht gleich auf. Wenn er müde genug war, würde er trotzdem schlafen können.

Ich schlich also mit der Bettdecke unter dem einen und dem Tuch und der Schachtel unter dem anderen Arm leise durch den Flur. Vor Mikas Tür zögerte ich und blieb stehen. Sie war nur angelehnt, dahinter war es dunkel. Unter der Badezimmertür schimmerte Licht. Sollte ich oder sollte ich nicht?

Ach, was hatte ich denn zu verlieren? Also los. Ich gab mir einen Ruck und ging in Mikas Zimmer. Um die Lampen nicht unnötig zu erhitzen, wollte ich mich durch das dunkle Zimmer zum Nachttisch tasten und das Leselicht anknipsen.

Aber – autsch! Mein Fuß! Da war was im Weg. Was war das? Jetzt prallte ich voll und ganz gegen irgendwas, das da stand. Nein. Ich war nicht gegen etwas geprallt, sondern – argh! – gegen jemanden. Dieser jemand roch nach frischer Wäsche und Zimt, und er hatte nichts an, zumindest da nicht, wo sich meine Nase in seinen Brustkorb gebohrt hatte. Hoppla, das war … kein Ort für Nasen.

Ich fuhr zurück, kreischte auf und verlor das Gleichgewicht. Fast wäre ich gestolpert, aber kräftige Arme fingen mich auf.

»Tess«, sagte Mika. »Was machst du denn in meine Zimmer?«

Er ließ mich los, knipste das Licht an, und ich sah, dass er in Jeans, aber ohne T-Shirt vor mir stand. Ein Handtuch lag um seine Schultern, in der Hand hielt er eine Shampoo-Flasche.

»Ich wollte dir, äh, eine dünne Decke bringen. Es ist so heiß hier oben. Und dann wollte ich auch noch mal, ähm, ja, staubwischen, die Lampen sind so neu, da ist irgendwas drauf, die riechen komisch, wenn man sie anschaltet.«
»Aha.« Mika sah mich an, als hätte ich komplett den Verstand verloren. »Aber sonst dir geht's gut, oder?«
Ich starrte ihn an wie ein hypnotisiertes Karnickel. Schließlich schüttelte Mika ungläubig den Kopf, ging an mir vorbei und verschwand im Bad.
Oh nein! NEIN!, dachte ich. Das war nicht passiert! Konnte es gar nicht. Nicht mir. Das war zu doof. Ich würde jetzt aufwachen und merken, dass ich das nur geträumt hatte. Aufwachen! Sofort!
Aber natürlich schlief ich nicht, und konnte deswegen nicht aufwachen und dies war die traurige Realität. Mit zitternden Fingern brachte ich alles in Ordnung, auch den Lattenrost. Dann floh ich in mein Zimmer zurück und verkroch mich im Bett.
Ich wäre am liebsten abgereist. Nach Finnland oder so. Egal. Einfach irgendwohin, wo Mika garantiert NICHT war.

Theresa Walter
Holzhauerstr. 63
60322 Frankfurt

An
APPsolut genial
Software Development
Kranauer Straße 7
60385 Frankfurt

15. August

Entwicklung einer neuen App

Sehr geehrte Damen und Herren,

ich habe eine richtig gute Idee für die Entwicklung einer neuen App. Sie ist zwar ein bisschen kompliziert, aber ich glaube, dass sie funktionieren könnte.
Es gibt ja schon Lügendetektoren-Apps. Mit denen kann ein Smartphone herausfinden, ob jemand die Wahrheit sagt oder nicht. Es misst dazu die Körpertemperatur, den Blutdruck und die Schweißproduktion eines Menschen, und egal, wie gut jemand lügt – sein Unterbewusstsein erzeugt Stressreaktionen, und das verrät ihn.
Jetzt zu meiner Idee: Könnte man das nicht ein bisschen verfeinern? So eine App könnte doch, wenn man sein Handy

ganz dicht am Körper trägt, noch viel mehr messen. Neben Körpertemperatur, Puls und Schweiß zum Beispiel auch das Körperzittern, die Atemfrequenz, den Tonfall der Stimme, die Wortfrequenz, das Rumgezappel des Besitzers und so weiter und so fort. Und wenn das Handy dann merkt, dass man drauf und dran ist, sich in eine äußerst peinliche Situation zu begeben, könnte es unauffällig einen Warnton abgeben.
Ich schenke Ihnen diese Idee, und falls Sie damit reich werden, beanspruche ich nichts vom Gewinn. Aber bitte benachrichtigen Sie mich, wenn Sie eine solche App entwickelt haben, ich will sie nämlich benutzen.

Mit freundlichen Grüßen

Theresa Walter, 14, leider peinlich

11

Als ich am nächsten Morgen wach wurde, sah die Welt schon viel freundlicher aus. Ich rekelte mich in meinem Bett und gähnte. Meine Güte, was war ich für eine Drama-Queen gewesen. Sooo schlimm war das ja gestern nun auch wieder nicht gewesen. Ich hatte ein winziges bisschen über meine Familie gelästert, okay, wer tat das nicht? Da hätte Mika echt nicht so krass reagieren müssen. Und ich war nachts im Dunkeln gegen einen halbnackten Typ gestolpert. Auch das war ja wohl keine Katastrophe. Man musste sich das Ganze nur mal mit vertauschten Rollen vorstellen. Angenommen, ich wäre in meinem Zimmer gewesen, um mein Shampoo zu holen, und wäre im Dunkeln gegen Mika geknallt, und der hätte irgendeine blöde Ausrede gemurmelt, da hätte ich doch auch nicht schlecht über ihn gedacht.

Aua. Doch. Hätte ich. Ich hätte geglaubt, dass der Typ nicht ganz dicht ist. Und dass er mich verfolgt.

Ich rieb mir die Augen und seufzte tief. Na gut, dann musste ich jetzt eben das Gegenteil beweisen. Darin war ich doch mittlerweile ganz gut. Ich musste mich einfach ganz normal benehmen und Mika zeigen, dass er mir komplett egal war. Am besten, ich räumte mich selbst aus dem Weg. Frau Wunderlichs

Laden war ein prima Ort zum Verkriechen, und ein Ferienjob war ja wohl so was von normal, besser ging's doch gar nicht.
Ich beschloss, mich in die Arbeit zu flüchten, stand auf und schlich ins Bad, wo es irgendwie fremd roch. Nach Mika. Ich sah mich um: Nein, viel »Grimsgrams« hatte er wirklich nicht. Deo, Shampoo, Zahnbürste, Rasierapparat. Pfff, Angeber, den brauchte der doch höchstens einmal im Monat. Leise räumte ich ein bisschen was von meinem Zeug in mein Zimmer. Musste ja nicht sein, dass er gleich all meine Schönheitsgeheimnisse kannte, wenn er mal eine Schublade meines Badezimmerschrankes aufzog. Irgendwie fühlte ich mich plötzlich ein bisschen weniger zu Hause in unserer Wohnung. Ist ein komisches Gefühl, wenn die Zone, in der du dich mit Kleinigkeiten oder einem falschen Wort bis auf die Knochen blamieren kannst, direkt hinter deiner Zimmertür beginnt.
Ich frühstückte allein, die anderen schliefen noch. Aber bevor ich fertig war, kam Mika die Treppe herunter. Er trug wieder Jeans und T-Shirt, diesmal ein schwarzes, war barfuß, seine Haare waren verstrubbelt, und er hatte Zahnpasta im Mundwinkel.
»Guten Morgen«, sagte ich mit bewusst neutralem Gesichtsausdruck. »Was möchtest du frühstücken?«
Er warf mir einen langen Blick zu und sagte gar nichts. Alles klar, ich war gestern definitiv katastrophal gewesen, und er war jetzt ein bisschen vorsichtig im Umgang mit mir. »War nur eine Frage«, sagte ich.
Er sah mich an, mit Augen, die so blau waren wie der Horizontstreifen über dem Meer. »Gar nichts«, sagte er.

Hä? Wie jetzt? Das passte nicht. Ich sah ihn ratlos an.
»Nein, danke, ich möchte gar keine Frühstück«, wiederholte Mika. »Ich habe früh keine Hunger.«
Ach so, das war seine Antwort auf meine Frage gewesen. Schien ganz so, als würde er morgens eine Weile brauchen, bis seine grauen Zellen ansprangen.
Er nahm sich eine halbvolle Sprudelflasche vom Tisch, ging zur Balkontür, öffnete sie und trat barfuß nach draußen. Die Vögel machten in den Bäumen einen Höllenkrach. Ob die schon immer so laut gewesen waren? Oder taten sie das erst, seit Familie Walter hier wohnte? Man sagt ja, dass Vögel in ihrem Gesang Handyklingeltöne nachmachen können. Vielleicht auch Familienlärm? Aber das würde ich NICHT sagen, wenn Mika reinkam, sonst dachte er nur wieder, ich hätte was gegen meine Familie.
Hmmm, und was würde ich sonst sagen? Keine Ahnung.
Ich seufzte. Jetzt wäre mir eine Mia doch lieber gewesen als ein Mika. Wie viel leichter wäre es, mit ihr ein Gespräch zu führen! Ich hätte sie fragen können, was sie in der ersten Nacht geträumt hatte. Vielleicht hätten wir darüber gelacht und überlegt, ob es wahr werden sollte – oder besser nicht. Und dann hätte ich sie was über Finnland gefragt und sie mich was über Deutschland.
Ich blickte zur Balkontür und beobachtete, wie Mika gerade die Sprudelflasche in einem Zug leer trank. Wieder seufzte ich. Wenn schon männlich – warum musste dieser Typ dann auch noch so gut aussehen? Wenn er einer von den Jungs mit den schlaksigen Armen, den knubbeligen Knien und den Pickel-

chen auf der Stirn wäre, von der Sorte, die auch mal doofe Sachen sagt und viel zu albern und laut lacht, dann wäre ich ihm gegenüber nicht so schüchtern gewesen. Dann hätte ich ihn einfach gefragt, was er heute gern machen würde.
Und schon ärgerte ich mich wieder über mich selbst. Warum konnte ich das nicht auch dann tun, wenn der Typ aussah wie der kleine Bruder von Brad Pitt? Hey, da stand auf meinem Balkon ein wahnsinnig gutaussehender Junge, der genau mein Typ war, und ich wünschte mir, er hätte Pickel. Ging's noch?
Ich brauchte dringend ein bisschen Abstand. Und vor allem brauchte ich jetzt ganz schnell eine Idee, was ich sagen sollte, wenn er wieder reinkam.
Zu spät. Da war er.
»Äh …«, sagte ich. Ja, super.
»Das da unten, ist das die Garten?«, fragte Mika. Puh, ein Gesprächsthema, Glück gehabt.
»Ja. Zumindest das, was mal der Garten werden soll.«
»Wie komme ich da hin?«
»Runter ins Erdgeschoss, dann links an der Treppe vorbei und durch die Tür. Der Schlüssel steckt.«
Er nickte und verschwand.
Ich auch. Nix wie weg, bevor er wiederkam!

Pünktlich um neun schlossen Opa und ich die Ladentür auf, und schon zehn Minuten später waren die ersten Kunden da: ein Pärchen, das demnächst heiraten wollte. Sie war schlank und blond, er schwarzhaarig und durchtrainiert. Beide sahen nach richtig viel Geld aus.

»Wir suchen Silberbesteck«, sagte sie und sah mich misstrauisch an. Vermutlich fand sie mich zu jung, um Wertgegenstände zu verkaufen. Ich winkte Opa, und er übernahm das Gespräch. Von der Kasse aus beobachtete ich, was geschah.
Die beiden suchten Hochzeitsgeschenke, und zwar für ihre eigene Hochzeit. Und die wollten sie auch noch selbst kaufen. Aha. Sie hatten nämlich, wie sie erzählten, auf ein großes Hochzeitsfest mit hundert Gästen verzichtet. Und die Geschenke, die ihnen dadurch entgingen, wollten sie jetzt selbst anschaffen – für das Geld, das sie dadurch sparten, dass sie auf eine große Feier verzichteten.
»So kriegen wir wenigstens Sachen, die uns gefallen«, erklärte der Mann. Opa sah ihn mit gerunzelter Stirn an, sagte aber nichts. Er zeigte den beiden Silberbesteck mit einem Muster, das Augsburger Faden heißt. »Es ist hundertfünfzig Jahre alt, aber es ist so zeitlos, das bekommt man heute noch in dieser Art.«
»Warum sollte ich etwas Altes kaufen, das es heute noch gibt?«, fragte der Mann. »Dann kann ich's ja gleich neu kaufen.« Aber bevor Opa antworten konnte, klingelte ein Handy in der Anzugtasche des Typen, und er ging dran.
Als er sein Gespräch beendet hatte, zeigte Opa den beiden ein ganz altes, wertvolles Besteck, wie man es heute garantiert nicht mehr kaufen konnte. Aber das war auch nichts. »Warum sollte ich ein Besteck kaufen, das ich nicht mehr nachkaufen kann, wenn ich mehr brauche?«, fragte der Mann. Bevor Opa antworten konnte, hing der Typ schon wieder am Handy.
»Warum möchten Sie denn überhaupt ein altes Silberbesteck

erwerben? Vielleicht ist das gar nicht das Richtige für Ihre Hochzeit?«, fragte Opa die Frau freundlich.
»Wir hätten eben gern ein paar alte Familienerbstücke in unserem Besitz«, sagte sie. Haha, Erbstücke? Kaufen? Irgendwas hatte sie da nicht kapiert. Aber egal, Opa bewies eine Engelsgeduld mit den beiden und verkaufte ihnen eine Stunde später schließlich eine silberne Kaffeekanne und einen verschnörkelten Tortenheber.
»Die nächsten Kunden sind deine«, sagte Opa, als die beiden weg waren, und ließ sich erschöpft auf ein Sofa fallen.
Aber als sich ein paar Minuten später die Ladentür erneut öffnete, war es keine Kundschaft, die den Laden betrat. Da stand Frau Wunderlich! Sie hatte die Klinik gegen den Rat der Ärzte frühzeitig verlassen, ein Taxi genommen, und nun humpelte sie auf Krücken zu ihrem Platz hinter der Kasse. Nachdem sie auf den altmodischen Samtstuhl gesunken war, sah sie sich mit strahlenden Augen um. In ihrem eleganten weinroten Kleid, mit der feinen goldenen Brille und dem kinnlangen weißen Haar sah sie selbst ein bisschen aus wie eine wertvolle Antiquität, fand ich. »Endlich wieder hier«, seufzte sie.
Ich freute mich, dass es ihr gut ging, aber ich hatte auch Angst, dass sie mich nun nicht mehr brauchen würde. Ich wollte unbedingt weiter im Laden jobben, denn ich brauchte dringend einen Ort zum Verkriechen. Aber zum Glück war meine Sorge unbegründet. Frau Wunderlich hatte nämlich noch keinen Gehgips und durfte ihr Bein nicht belasten.
»Ich benötige dringend jemanden, der mir hilft«, sagte sie.

Für mich war das die Rettung. Ich verschwand ab sofort jeden morgen um halb neun im Laden und kam erst abends nach sieben wieder heraus. Mittags bestellte Frau Wunderlich uns etwas zu essen, und wir speisten auf antiken Tellern an einem Tisch aus dem achtzehnten Jahrhundert. Opa, der tagsüber in seiner Kellerwerkstatt alte Tische und Stühle für Frau Wunderlich reparierte oder Tante Gwenny beim Kinderhüten half, kam mittags auch immer in den Laden und aß mit uns, das war gemütlich.

Meine Mutter meckerte zwar, mein Rückzug sei Mika gegenüber nicht sehr höflich, denn ich sah ihn nur noch beim Abendessen. Aber Mika wirkte nicht so, als wäre er traurig darüber. Außerdem waren schon die Abendessen so grauenhaft, dass ich mehr gemeinsame Mahlzeiten einfach nicht schaffte. Mika konnte allerdings nichts dafür, das lag an meinen Eltern. Denn leider hatten sie ihre Angewohnheit beibehalten, in meiner Anwesenheit über mich zu sprechen, als sei ich gar nicht da. Und jetzt, da Mika auch an unserem Tisch saß, war das mehr als peinlich.

»Tess sieht blass aus«, sagte mein Vater zum Beispiel.

»Kein Wunder, wenn sie dauernd in diesem Laden rumhängt«, meinte meine Mutter. »Ich in ihrem Alter habe im Sommer immer …«

»Maaamaaa!«, unterbrach ich sie.

»Sie war ja schon immer hellhäutig«, nahm mein Vater den Gesprächsfaden auf, als hätte ich nichts gesagt.

»Stimmt.« Meine Mutter nickte. »Weißt du noch? Schon als Baby war sie rosa wie ein Ferkel. Und dann war sie auch noch

allergisch gegen Sonnencreme und bekam im Sommer immer diese Pickel auf dem Bauch.«
Ich: »Maamaa!«
Wirklich, es war einfach schrecklich. Doch leider konnte ich mich nicht richtig wehren, denn da saß Mika und hörte uns zu. NATÜRLICH mochte ich meine Familie, und NATÜRLICH würde nie wieder ein Wort gegen sie über meine Lippen kommen, das war ja wohl klar.
Zu Mikas Ehrenrettung muss ich sagen, dass über seine Lippen wirklich nie ein böses Wort über seine Familie kam. Aber auch sonst keins. Er sagte nie viel, aber wenn man ihn auf Finnland ansprach, verstummte er ganz.
Dabei wirkte er nicht, als hätte ihm irgendwas die Sprache verschlagen oder als hätte er zu Hause große Probleme. Er saß ganz entspannt am Tisch und war einfach nur unglaublich einsilbig, wenn das Gespräch auf dieses Thema kam.
Meine Gesellschaft vermisste Mika ganz eindeutig nicht. Auch Langeweile oder Heimweh schien er nicht zu kennen. Offenbar war er vielmehr ganz heiß darauf, mit meinem Vater und Onkel Marius den Hinterhof zum Garten umzubauen. Deswegen hatte er sich am Flughafen sogar dieses englische Gartenbuch gekauft.
Und wenn ich jetzt im Laden arbeitete, schuftete er zusammen mit meinem Vater und Onkel Marius im Garten.
Erfreulicherweise waren die Monsterkids begeistert von Mika, und so war ich sogar die Zwillinge los. Die klebten jetzt an Mika. Ich hörte sie nur noch manchmal im Treppenhaus, wenn sie hochstürmten, um ihn zu finden.

Alles war also bestens im Hause Walter. Komisch nur, dass ausgerechnet Jojo das anders sah. Sie war doch normalerweise so zurückhaltend und ließ mich sein, wie ich sein wollte. Aber jetzt lief sie zu Höchstform auf. Dauernd rief sie an und wollte mit mir reden. Weil's mir angeblich schlecht ging. Weil ich komisch war. Aber das war ich gar nicht, ich war einfach nur – abgetaucht.

In Frau Wunderlichs Laden war es selbst jetzt im Hochsommer angenehm kühl, ich fühlte mich dort wie in einer anderen Welt. Jeden Arbeitstag begann ich mit Staubwischen. Erst die großen Flächen, Tischplatten, Schrankfronten, Kommoden, Stühle. Dann die Feinarbeit: Gläser, Schatullen, Besteck, Karaffen, Uhren. Zuletzt nahm ich mir jeden Tag einen Kronleuchter vor und reinigte, auf einer Trittleiter stehend, vorsichtig die Lampenarme und die Verzierungen, genau wie ein Dienstmädchen in längst vergangenen Zeiten. Und ich glaube, ich wäre ein gutes Dienstmädchen gewesen, denn ich machte diese Arbeit richtig gern. Je länger ich hier war, desto mehr mochte ich die alten Gegenstände. Frau Wunderlich wollte mir Geld für meine Hilfe bezahlen, aber ich wollte keins haben. Ihr Laden war schließlich mein Rückzugsort.
Außerdem fand ich die alten Sachen interessant. Frau Wunderlich liebte nämlich Dinge, die nicht das waren, wonach sie aussahen. Sie hatte zum Beispiel einen alten Globus, und wenn man bei dieser Weltkugel einen geheimen Hebel zog, öffnete sie sich in zwei Hälften, und darin war eine Hausbar verborgen, mit zierlichen Schnapsflaschen und kleinen Kristallglä-

sern. Der Globus war für einen adligen Gutsherrn angefertigt worden, dessen Gattin Alkoholgenuss für Sünde hielt. Beeindruckend war auch Frau Wunderlichs Regenschirmsammlung. Die wenigsten ihrer Sammelstücke boten einfach nur Schutz gegen Regen, sie konnten fast alle mehr. Da gab es welche, die aus bruchfestem Material waren und auch als Schlagstöcke dienen konnten. Außerdem besaß sie Schirme mit Kompass am Griff, andere hatten dort eine Uhr, wieder andere eine winzige, aufklappbare Puderdose, und bei einem war sogar ein Parfümfläschchen integriert. Fest in einem Schrank verschlossen hatte Frau Wunderlich zwei Schirme, über die sich selbst James Bond gefreut hätte. Beim einen war eine messerscharfe Klinge im Schirmstock verborgen, die man auf Knopfdruck ausfahren konnte, der andere besaß sogar eine integrierte Pistole. Aber die hatte Frau Wunderlich unbrauchbar gemacht. »Sonst bräuchte ich dafür einen Waffenschein.«

In einer Vitrine hatte Frau Wunderlich lauter uralte Haushalts- und Gebrauchsgegenstände ausgestellt, und manchmal schenkte sie mir ein Stück daraus: ein kleines Parfümflakon aus Glas, ein Monokel, ein Samttäschchen mit Reißverschluss oder eine versilberte Lippenstifthülle zum Nachfüllen.

Abends lag ich jetzt immer im Bett und sah mir diese Gegenstände an. Sie machten mich glücklich. Ich fand es schön, wenn jemand Gebrauchsgegenstände bewahrte und wertvoll fand.

Als ihr Knöchel endlich abgeschwollen war, bekam Frau Wunderlich einen Gehgips, und eigentlich brauchte sie mich nun nicht mehr. Ich kam trotzdem weiter in den Laden, denn ich fühlte mich dort – nun ja, sicher. Ja, das war es. In diesem Raum mit den vielen antiken Gegenständen hatte ich festen Boden unter den Füßen. Überall sonst kam es mir dagegen so vor, als ginge ich auf dünnem Eis.

Eines Nachmittags klingelte die Ladenglocke. Als ich aufblickte, sah ich Jojo. Sie stand zwischen den Antiquitäten, trug ein weißes Top, einen türkisfarbenen Minirock und rosa Flipflops und passte ungefähr so gut in Frau Wunderlichs Laden wie ein Marshmallow in eine altmodische Schachtel mit Schokokonfekt. Bei ihrem Anblick dachte ich nur ein einziges Wort: Sommer. Und mir wurde bewusst, dass ich den Sommer da draußen glatt vergessen hatte.

Ich selbst trug alte Jeans, ein ausgeleiertes T-Shirt und kaputte Turnschuhe. Und offenbar fiel auch Jojo bei meinem Anblick nur ein einziges Wort ein. Sie sah mich an, seufzte und murmelte: »Lebenskrise.«

»Nee, mir geht's super«, widersprach ich.

»Ja.« Sie nickte. »Das sehe ich.«

Frau Wunderlich hatte die Ladenglocke gehört und kam aus dem Nebenzimmer. Als ich ihr Jojo vorstellte, wirkte sie hocherfreut. »Na, dann mal raus mit euch in die Sonne«, meinte sie. »Höchste Zeit, dass dich mal jemand aus dieser Gruft lockt!«

Ich schüttelte den Kopf. »Wir wollten doch noch das Schaufenster umdekorieren.« Darauf hatte ich mich schon den ganzen Tag gefreut. Frau Wunderlich wollte dafür eine Kiste mit Neuerwerbungen auspacken, die am Vortag geliefert worden waren, und ich wollte unbedingt wissen, was darin war.

»Das machen wir morgen«, bestimmte sie. »Das ist früh genug!«
Widerwillig verließ ich mit Jojo den Laden Richtung Treppenhaus.
Ich hatte dabei kein gutes Gefühl, denn Jojo hatte etwas im Blick, das ich an ihr nur zu gut kannte. So sah sie aus, wenn sie vor Tatendrang fast platzte. Und ich wusste genau, was sie im Schilde führte: Sie wollte Mika kennenlernen.
»Pech gehabt«, sagte ich, als ich die Wohnungstür aufschloss. »Das Objekt deiner Begierde ist nicht da.«
»*Noch* nicht«, sagte Jojo. »Aber ich hab Zeit. Wo steckt er denn?«
»Er fährt zusammen mit meinem Dad und Onkel Marius den Schrott aus unserem Hinterhof zur Deponie. Das machen die schon den ganzen Nachmittag.«
»Na, das wird ja wohl nicht ewig dauern.«
Ich zuckte mit den Schultern. Genau genommen mussten sie eigentlich schon längst wieder da sein, aber das wollte ich jetzt nicht zugeben.
In meinem Zimmer sah Jojo sich interessiert um. Sie war zum ersten Mal seit dem Umzug hier.
»Schön ist es geworden«, sagte sie. »Viel heller als dein altes.«
Ich knurrte nur. Schön fand ich hier immer noch gar nichts. Aber Jojo ließ sich von meiner miesen Laune nicht beeindrucken. »Jetzt erzähl mal.« Sie ließ sich auf mein Bett fallen. »Wie ist es denn so mit Mika? Fühlt es sich an, als ob du einen Bruder hättest?«
Ich setzte mich auf den Flauschteppich vor meinem Bett und lehnte mich an die Matratze. So saß ich mit dem Rücken zu

ihr, und sie konnte mein Gesicht nicht sehen. »Woher soll ich wissen, wie es ist, einen Bruder zu haben?«, fragte ich. »Ich hab doch keinen.«

»Na ja.« Jojo dachte nach. »Ein Bruder fühlt sich ein bisschen so an wie ein Bild, das schon ewig in deinem Zimmer hängt. Du nimmst es kaum wahr, aber sobald es weg ist, vermisst du es.«

»Sehr poetisch«, sagte ich. »Lass das bloß nicht deinen Bruder hören.«

»Ach, der würde noch ganz andere Sachen über Schwestern sagen. Aber wir wissen beide, wie es gemeint ist. Und ich glaube, so ist das einfach bei Geschwistern: Ihre Anwesenheit beeinflusst dein Leben nicht wirklich, aber es wäre schlimm, wenn sie nicht da wären. Und man weiß immer, wie sie was meinen.«

»Hmmm«, sagte ich und strich gedankenverloren mit der Hand über den Teppich. »Dann ist das mit Mika kein bisschen so wie mit einem Bruder. Alles ist anders, seit er hier wohnt. Und ich versteh ihn überhaupt gar kein bisschen. Keine Ahnung, was er denkt und wie er was meint.«

»Echt? Was ist denn anders?«

»Erstens!« Ich hob den Daumen. »Wir frühstücken nicht mehr im Schlafanzug.« Als Nächstes streckte ich den Zeigefinger hoch. »Das Essen ist besser geworden.« Finger Nummer drei. »Unsere Manieren auch.« Nummer vier, Ringfinger. »Papas Witze sind geistreicher. Und last but not least …« Ich spreizte jetzt auch den kleinen Finger ab: »Wir haben neuerdings immer Servietten auf dem Tisch.«

»Na, das sind doch Peanuts.« Jojo winkte ab und gähnte. »Das haltet ihr keine zwei Wochen durch, wetten?«

»Kann sein«, meinte ich. Aber was ich wirklich dachte, sagte ich nicht. Ich konnte ja nicht gut zugeben, wie unwohl ich mich in Mikas Nähe fühlte. Und vor allem wollte ich ihr nicht erzählen, wie oft ich über ihn nachdachte. Das wäre ganz falsch rübergekommen. Jojo hätte vielleicht gedacht, dass ich mich in ihn verliebt hätte. Pfff. Ich doch nicht. Trotzdem war er dauernd in meinem Kopf: Wenn ich abends las, dachte ich, dass er das Licht unter meiner Tür sehen konnte, und ob er es schrullig fand, dass ich nicht unten bei den anderen war. Wenn ich Musik hörte, überlegte ich, ob sie durch die Wand drang und wie er sie fand. Wenn ich beim Abendessen etwas sagte oder lachte, fand ich, dass ich unnatürlich und verkrampft klang, was ich natürlich auch war. Dauernd überlegte ich mir also, wie ich bei allem, was ich tat, wirkte, und die Bilanz war ernüchternd. Ich fand mich selbst langweilig und doof. In klaren Momenten sagte ich mir, dass das Schwachsinn war. Ich wusste ja von meinem Vater, wie selten männliche Wesen über weibliche nachdenken. Aber trotzdem bekam ich Mika nicht aus dem Kopf, und das machte mich ganz nervös. Ich überlegte mir, was er alles über mich wusste, ganz automatisch, nur weil er mit mir in derselben Wohnung wohnte, und das war ein unangenehmer Gedanke. Ich meine, ich wusste ja auch ganz schön viel über ihn. Welches Deo er benutzte. Dass er nie lange schlief. Dass er morgens immer auf dem Balkon den Vögeln zuhörte. Dass er oben ohne schlief und als Unterhosen Boxershorts trug. Die hingen nämlich neuerdings auf unserer Wäscheleine. Tja, und

wenn ich wusste, was Mika so anhatte, dann wusste er natürlich auch, was ich unter meinen Klamotten trug. Darauf musste ich jetzt neuerdings also auch mehr achten. Es war alles nicht einfach.
Ohne es zu bemerken, stieß ich einen abgrundtiefen Seufzer aus.
»Puh«, sagte Jojo. »Das klingt ja herzzerreißend. Was ist denn los?«
»Ledneval Tlaru«, sagte ich. »Du siehst in einen Spiegel, und plötzlich ist alles an dir falsch.«
»Tess, du bist wieder wunderlich. Hey, kennst du meinen neuen Whatsapp-Status? Wenn dich das Leben nervt, streu Glitzer drauf. Komm, wir sorgen mal dafür, dass dein Leben wieder ein bisschen funkelt.«
Ich verdrehte die Augen, aber Jojo ließ sich nicht von ihrem Plan abhalten. Sie nahm ein Fläschchen mit silbernem Nagellack von meinem Schreibtisch, den ich für meine Zehennägel gekauft hatte, wälzte sich aus meinem Bett, ließ sich neben mich fallen und begann, meine Fingernägel zu lackieren. Sah nicht mal schlecht aus.
»Wir könnten heute Abend mal mit Mika weggehen«, sagte sie. »Irgendwohin. Damit er auch mal was von Deutschland sieht. Und dabei könnten wir herausfinden, welches dunkle Geheimnis den blonden Finnen in unser Land geführt hat.« Bei den letzten Worten senkte sie die Stimme unheilvoll. Doch bevor ich antworten konnte, klopfte es, und bevor ich auch nur »Herein« rufen konnte, sprang die Tür auf.
Leo stand im Flur. »Duhuu? Tehess?« Er schnappte nach Luft,

weil er wohl mal wieder alle Stufen zu uns so schnell wie möglich hochgerannt war. »Weißt du was? Ich sag dir mal was.« Aber das tat er nicht. Er schnaufte nur wie eine kleine Dampflokomotive.

»Na, dann raus damit«, ermunterte ich ihn.

Jetzt sah Leo Jojo, und das brachte ihn ganz aus dem Konzept.

»Duhuu, Tehess?«, begann er wieder, sein Blick sauste zwischen mir und Jojo hin und her.

»Ja, Leo, was gibt's?«

»Wir machen ein …« Er schluckte vor Aufregung und konnte nicht weitersprechen.

»Ein was?«, fragte ich.

»Ein Lagerfeuer!« Leo sah mich an, als hätte er mir gerade einen Lottogewinn verkündet. »Wir haben im Hof Brennholz gefunden, und jetzt zünden wir es an.«

»Das ist toll, Leo«, sagte ich betont freundlich und sah mich schon wieder selbst durch diese imaginäre Lupe. Wie künstlich und falsch ich klang. Bäh! Leos Lagerfeuer war mir in Wahrheit völlig schnurz, und das hörte man.

Er allerdings merkte es nicht. »Du darfst auch kommen«, sagte er. »Und du auch.« Damit war Jojo gemeint. »Wir grillen.« Er strahlte uns an.

»Ach, Leo, weißt du, ich steh nicht so auf Feuer.« Ich hob die Hand zum Abschied.

»Würstchen«, sagte Leo und zog die Nase hoch. »Wir grillen Würstchen. An einem Stock.«

»Donnerwetter!« Jojo lächelte ihn liebevoll an. »Und ich darf auch?«

Leo nickte.
»Na, dann komm, du Käfer!« Sie nahm seine Hand. »Dann suchen wir uns jetzt mal einen Stock.«
»Ich weiß, wo welche wachsen.« Leo sah zu Jojo auf wie ein Hundewelpe zu seiner Mami. »Im Hof gibt es einen Busch, und den will Papa ausreißen, und da können wir Äste abschneiden. Lilith hat ein Taschenmesser.« Er schluckte und sagte dann mit Grabesstimme. »Ein echtes!« An Jojos Seite hopste er den Flur entlang.
Langsam folgte ich den beiden nach draußen. Leo war wirklich süß. Warum konnte ich nicht so locker mit ihm umgehen wie Jojo?
Im Hof wuselten alle vier Kinder aufgeregt durcheinander.
Jetzt, wo der ganze Schrott weg war, konnte man schon erahnen, dass unser Hof bald ein ganz netter Garten sein würde. Er war zwar klein, aber weil er rundum von Mauern umgeben war, hatte er was von einer Art Laube. Riesige Bäume wuchsen in den angrenzenden Hinterhöfen und schützen uns mit ihren dichtbelaubten Zweigen vor den Blicken der Nachbarn. Überall wucherte Unkraut, aber wenn man hier mal mähen und ein paar Blumen pflanzen würde, konnte der Hof eine grüne Oase mitten in der Stadt werden.
Jemand hatte mitten im Hof eine Feuerschale aus Metall aufgestellt. Darin war Holz gestapelt, und davor kniete Mika. Er zündete gerade Holzspäne an.
»Wow«, sagte Jojo.
»Ja, es brennt schon sehr gut«, stimmte Leo ihr zu.
Aber natürlich hatte Jojo nicht das Feuer gemeint. Mika erhob

sich und sah mit seinen hellen Haaren und seinen markanten Gesichtszügen so nordisch aus, als würde er Thor oder Erik heißen. Jetzt drehte er sich zu uns um. »Tess! Musst du heute nicht arbeiten? Wie schön!«

Hatte er das wirklich gesagt? Eindeutig, er hatte.

Jetzt sah er Jojo und schenkte ihr sein eisblaues Lächeln. »Hei! Ich bin Mika.«

Interessiert beobachtete ich, dass Mika auf Jojos Sprachzentrum eine ähnliche Wirkung hatte wie auf meins. Sie gab einen gurgelnden Laut von sich, den man nur mit viel Fantasie als »Jojo« deuten konnte. Und danach erstarrte sie wie schockgefrostet.

Zum Glück betätigte Leo sich als Eisbrecher.

»Duhu, Jojo«, sagte er. »Wie alt bist du?«

»Vierzehn«, quetschte Jojo raus.

»Duhu, Jojo. Weißt du, was vierzehn und vierzehn ist?«

»Hmmm. Nein. Weißt du's?« Ich glaube, in diesem Moment wusste sie es wirklich nicht.

»Achtzig«, sagte Leo stolz.

Jetzt tauchte Lucy hinter ihrem kleinen Bruder auf. »Stimmt gar nicht«, krähte sie.

»Ich hab ja auch achtzehn gesagt«, behauptete Leo schnell.

Mika schnappte sich Lucy und legte ihr die Hand über den Mund. »Nicht ihn ärgern!«, flüsterte er ihr zu. Laut sagte er dann: »Und ich brauche jetzt dreizehn Stöcke! Für jeden einen.«

Tatsächlich machte Lucy keinen Mucks. Sie grinste nur, was Leo aber nicht merkte. Dazu war er viel zu beschäftigt. Lilith hatte ihm einen Stock abgeschnitten, von dem er gerade alle Blätter abriss. »Duhuu, Tehess«, sagte er, während er ein besonders hartnäckiges Blatt abrupfte. »Weißt du, was ich mir zum Geburtstag wünsche?«

»Nein. Was denn?«

»Einen Kompost. Und einen Schnörkel.«

»Aha.« Ich runzelte die Stirn. Ein ungewöhnliches Kind. »Und was willst du damit machen?«

»Mit dem Schnörkel kann ich beim Schwimmen unter Wasser Luft kriegen. Und wenn ich dabei auf den Kompost gucke, weiß ich auch, wohin ich schwimmen muss. Da ist so ein Pfeil drauf, der immer in die richtige Richtung zeigt.« Er zog schniefend die Nase hoch. Oh Mann, war der süß. Ich versuchte, nicht zu lachen. »Mach mal bitte da vorne spitz«, forderte Leo mich auf und hielt mir seinen Stock hin. Leider hatte ich kein Taschenmesser.

Oder doch. Plötzlich hatte ich eins, Mika hatte mir seins in die Hand geschoben. »Danke«, sagte ich und lächelte ihn an. Er zog eine Augenbraue hoch, nur ein paar Millimeter, und sah mich mit seinen saphirblauen Augen etwas länger an als notwendig. Dann fiel sein Blick auf meine Hände. »Interessante Fingernägel.« Er grinste.

Jetzt hatte Jojo ihre Stimmbänder wieder unter Kontrolle. »Tess brauchte ein bisschen Glitzer in ihrem Leben«, sagte sie.

Mika sah mich wieder ein bisschen länger an, als gut für mich war. »Auf Englisch, Mica heißt Glitzerstein«, sagte er.

»Echt?«, fragte ich und versuchte meine Verwirrung zu verbergen. Warum sagte er das jetzt? Das kam fast so rüber, als brauchte ich ein bisschen Mika-Glitzer in meinem Leben. Aber so hatte er das nicht gemeint, oder? Ich musterte ihn unauffällig. Er wirkte ganz sachlich, als er jetzt nickte. »Aber man schreibt es anders«, erklärte er. »Mit c.« Okay, war wohl nur eine Englisch-Lektion gewesen.

Ich wandte mich ab und schnitzte Leo den schönsten Stock seines Lebens, mit einem Indianermuster, und danach noch einen für Lucy. Lotte wollte ihren selbst machen. Eigentlich eine ganz nette Idee, so ein Grillabend, dachte ich. Wie hatte meine Mutter das noch so schön formuliert? Lieber zusammen grillen als alleine schmoren? Da war was dran.

»Wie ist es eigentlich, in Finnland zu leben?«, fragte Jojo, die mit ihrem Stock in der Glut stocherte.

Mika dachte nach. Lange. Sehr lange. An seine Gesprächspausen hatte ich mich immer noch nicht gewöhnt. War das typisch finnisch? Oder typisch Mika? Keine Ahnung.

Irgendwann kam dann doch eine Antwort. »Ich weiß es nicht«, sagte er.

Na, da hatte sich das Warten ja gelohnt. Aber so leicht entkam er Jojo nicht. »Wer sollte das sonst wissen, wenn nicht ein Finne?«, hakte sie nach.

Wieder eine Mika-Pause. Aber diesmal war die Antwort wenigstens ausführlicher: »Das ist ungefähr so, als würdest du mich fragen, wie Luft riecht, oder wie Wasser schmeckt, oder wie es ist, mit das Schwerkraft zu leben. Ich kann das nicht sagen, denn ich kenne es ja nicht anders.«

Okay, ich sah das Problem. Ich könnte auch nicht in drei Sätzen erklären, wie es ist, in Deutschland zu leben. Und mehr als

drei Sätze sagte Mika ja nie. Trotzdem gab Jojo nicht auf. Sie formulierte die Frage noch einmal neu: »Was ist denn hier in Deutschland anders als bei euch?«
Pausepausepause. Ich nutzte die Zeit, um Mika zu beobachten. Seine Kiefermuskeln zeichneten sich plötzlich deutlich ab, er zog die Augenbrauen zusammen und blickte auf die Mauer, die unseren Hof umgab. Aber ich hatte den Eindruck, dass er sie gar nicht sah. Locker war was anderes. Als ich schon nicht mehr mit einer Antwort rechnete, kam sie dann doch noch.
»Ich weiß es nicht«, sagte er.
Ach was? Hätte ich gar nicht gedacht. Aber dann ergänzte Mika doch noch etwas. »Denn ich kenne noch nicht viel von Deutschland.«
Gngngngn. Dem musste man die Infos wirklich aus der Nase ziehen. »Aber du kennst uns«, sagte ich.
»Seid ihr denn wie alle Deutschen?«
Jetzt musste ich nachdenken. Waren wir typisch deutsch? »Schwierige Frage. Ich glaube, wir sind lauter als die meisten anderen Deutschen. Und nicht viele Familien haben bei uns vier Kinder, so wie Tante Gwenny und Onkel Marius. Die meisten haben eins oder zwei. Und nur wenige Großfamilien wohnen zusammen im selben Haus. Sonst sind wir aber schon eher Durchschnitt, würde ich sagen.«
Mika nickte.
Jojo startete einen letzten Versuch. »Wenn du jetzt, in diesem Moment, in Finnland wärst, was würdest du genau jetzt tun?«
Die Antwort kam ganz schnell, aber Mika wandte den Blick ab. »Ich wäre in unsere Mökki. Das ist eine Sommerhaus auf einer

Insel mitten im See. Da sind wir oft in den Ferien.« Er tat, als müsse er die glühenden Kohlen in der Feuerschale auseinanderstochern, dabei kamen die prima ohne ihn klar.

»Wer ist wir?«

»Meine Mutter und ich. Mein Großvater.«

»Und dein Vater?«

»Er arbeitet in Stadt. Er kommt nur am Wochenende.«

»Aha. Und was macht ihr im Mökki?«

»Was man dort eben macht. Ferien. Angeln. Schwimmen. Beeren sammeln. Gartenarbeit. In die Sauna gehen. Holz hacken. Elche beobachten.«

Wieder sah er weder mich noch Jojo an. Ich hätte schwören können, dass er schwindelte.

»Und warum bist du jetzt nicht dort? Warum bist du in Deutschland?«, fragte Jojo.

Erst sagte er wieder mal nichts, und dann achselzuckend: »Ist Abwechslung.«

Okay. Verloren.

In dieses eher einseitige Gespräch platzten die anderen, also die beiden Mütter, die Väter, Basti und mein Opa, die jetzt alle auch in den Garten kamen. Sie redeten und lachten, brachten Salatschüsseln und Brotkörbe. Ein wahres Familienidyll. Aber auf einmal fragte mein Vater: »Wo ist denn der Busch hin, der da in der Ecke wuchs?« Er meinte das kränkliche Gewächs, das Lilith gerade in Stöcke zerlegt hatte. Jetzt sah man an dieser Stelle nur noch ein paar Igelstacheln, die aus dem Erdboden ragten.

Der Blick meines Vaters wanderte langsam von diesen Strünken zu den Stöcken in den Händen der Kinder und danach zurück. Dann fiel bei ihm der Groschen.

»Ich habe es ihnen erlaubt«, sagte Onkel Marius, der meinen Vater beobachtet hatte. »Der Busch sollte ja sowieso weg. Dahinten muss doch der Sandkasten hin.«

»Wieso sollte der Busch weg? Und wieso muss da ein Sandkasten hin?«, fragte mein Vater. Wer ihn kannte, hörte sofort, dass das keine echte Frage war. Eher ein empörter Vorwurf.

Aber Onkel Marius war auf diesem Ohr völlig taub. »Na, warum wohl? Weil das die einzige Stelle ist, an der er beim Schaukeln nicht im Weg ist. Und deswegen musste der Busch weg.« Er stibitzte sich ein Stück Brot aus einem Korb, den Tante Gwenny gerade auf den Tisch gestellt hatte, und biss hinein.

»Beim Schaukeln?«, fragte mein Vater gefährlich ruhig. »Du meinst, du willst hier in diesem winzigen Garten eine Schaukel und einen Sandkasten aufstellen?«

»Klar«, sagte Onkel Marius mit vollem Mund.

»Und wo kommt dann die Terrasse hin?«

»Welche Terrasse?«

»Na, die, auf der ich sitze, wenn ich im Garten bin.«

Schulterzuckend sah Onkel Marius sich um. »Du brauchst keine. Du stellst deinen Stuhl einfach hier auf den Rasen.«

»Aber da ist doch die Schaukel.« Mein Vater hatte einen drohenden Unterton in der Stimme.

»Na, wenn die Kinder nicht da sind, abends zum Beispiel, kannst du das Schaukelbrett zur Seite ziehen und festklemmen. Dann sitzt du eben unter dem Schaukelgestell. Oder du schaukelst selbst mal ein bisschen. Das geht doch auch.«

Mein Blick fiel auf Mika und Jojo. Mist, die beiden fühlten sich extrem unwohl. Noch unwohler als wir anderen. Klar, sie gehörten ja auch nicht zur Familie und mussten nun mit anhören, wie sich fremde Erwachsene gegenseitig beharkten. Wie unangenehm. Ich trat zu ihnen, und gemeinsam taten wir so, als würde das Feuer unsere ganze Aufmerksamkeit beanspruchen. Mein Vater steckte jetzt die Hände in die Hosentaschen. Er lief ein paar Schritte hin und her. Man sah ihm an, dass er um Fassung rang. Plötzlich blieb er stehen. »Marius, ich versteh das nicht. Wir haben doch erst heute Nachmittag über diesen Busch gesprochen, und ich habe zu dir gesagt: ›Was ist das für ein schöner Flieder. Er wird im Frühling grandios blühen.‹ Und über die Terrasse haben wir auch geredet. Ich habe laut darüber nachgedacht, ob Holz oder Stein als Untergrund besser ist.«
»Ach? Echt? Da war ich wohl in Gedanken.«
»Aber Marius, das ist ein Gemeinschaftsgarten. Du kannst doch nicht einfach irgendwas absäbeln oder aufstellen, ohne das mit allen anderen zu besprechen.«
So langsam wirkte auch Onkel Marius ein bisschen verkrampft. »Hör mal, Tim, ihr habt einen Balkon. Wenn du draußen sitzen willst, kannst du das dort tun. Es ist nur vernünftig, den Garten den Kindern zu überlassen.«
»Aha«, sagte mein Vater. »Ist es das? Und wenn es wirklich so ist – wer zählt dann zu den Kindern? Was ist mit Tess? Darf sie auch schaukeln und im Sandkasten spielen?«
»Klar darf Tess!« Leo ergriff meine Hand. Ich glaube, er spürte die Anspannung, die in der Luft lag.
»Marius«, sagte mein Vater. »Glaubst du wirklich, dass ich in

meinen Ferien tagelang dieses Grundstück entrümpelt habe, nur damit meine vierzehnjährige Tochter im Sand spielen kann?«

Onkel Marius schwieg.

Jetzt mischte sich meine Mutter ein. »Und was ist mit meinem Beet? Ich habe immer gesagt, dass ich ein Beet will. Ich habe sogar schon Blumensamen gekauft. Ich hab mich darauf gefreut. Ich will meinen Blick endlich mal auf etwas ruhen lassen, das nichts mit Schule oder Großstadt oder Haushalt zu tun hat.«

»Kinder sind wichtiger als Blumen«, sagte Tante Gwenny. »Und sie haben auch nichts mit Arbeit, Großstadt oder Haushalt zu tun. Du kannst deinen Blick jederzeit auf meinen Kindern ruhen lassen.«

Meine Mutter starrte ihre Schwester an. »Das ist jetzt nicht dein Ernst, oder?«

Onkel Marius rieb sich nervös die Hände.

»Nina«, sagte Tante Gwenny. »Glaubst du wirklich, ich wäre in dieses Haus eingezogen und hätte eingewilligt, mich um noch mehr hilfsbedürftige Menschen zu kümmern, als nur um meine vier Kinder, wenn ich nicht auch auf ein paar Erleichterungen gehofft hätte? Auf einen Garten zum Beispiel, in dem die Kinder unbeaufsichtigt spielen können? Es kann ja wohl nicht sein, dass ich mich jetzt auch noch darum kümmern muss, dass *meine* Kinder beim Spielen nicht *deine* Blumen zertrampeln!«

Plötzlich saß Opa kerzengerade auf seinem Stuhl. »Wer ist hier hilfsbedürftig?«, wollte er wissen. »Und – ist es denn keine Erleichterung für dich, wenn ich auf die vier Kleinen aufpasse?«

»Ich bin nicht klein«, protestierte Lilith und stampfte mit dem Fuß auf.
»Also, rein philosophisch betrachtet«, meldete sich jetzt Basti zu Wort, »rein philosophisch betrachtet ist das ein sehr interessanter Konflikt.«
Oh, nein, jetzt bitte keine endlose Basti-Rede! Leo, der immer noch an meiner Hand hing, machte schon ganz ängstliche Hasenaugen. Mika sah aus, als würde er sich erstmals zurück nach Hause wünschen, und Jojo wäre garantiert auch am liebsten gegangen.
Ich räusperte mich deutlich. »Ich glaube, das diskutieren wir ein andermal«, befahl ich. »Jetzt grillen wir!«
Und das taten wir auch. Aber irgendwie war die Stimmung futsch. Endgültig. Es roch nach Unheil.
Oder war das die Wurst, die Leo vom Stock fiel und in der Asche verglühte?

Was Jojo mir spätnachts noch schrieb, als ich schon längst im Bett lag, heiterte mich dann aber doch ein bisschen auf.

Jojo +491576790456342517

Jojo, 23:15

Er flirtet! ✓✓

Tess, 23:49

Wer? ✓✓

Jojo, 23:51

Stell dich nicht doof! Mika natürlich! ✓✓

Tess, 23:54

Wie??? Hat er dich angebaggert? ✓✓

Jojo, 00:03

Nicht mich, du Ei! Dich! ✓✓

Tess, 00:07

Hat er nicht. ✓✓

Jojo, 00:09

Wohl! ✓✓

Tess, 00:11

Nö ✓✓

Jojo, 00:14

Doch! ✓✓

12

Obwohl der Streit im Garten nur ungefähr zehn Minuten gedauert hatte, veränderte er unser Leben. Am Tag nach dem Grillfest war in unserem Großfamilienhaus nichts mehr wie zuvor. Die Veränderungen waren zwar winzig, aber man spürte sie deutlich. Wenn ich vor dem Streit irgendein Familienmitglied gesucht hatte, musste ich oft das ganze Haus durchwandern. Opa zum Beispiel fand ich oft bei Tante Gwenny in der Küche, Leo und Lilith waren gern bei Mama im Wohnzimmer, die Zwillinge hüpften fast täglich nebenan auf Bastis Bett rum oder machten mit ihm Krach, äh, Musik. Und die beiden Väter arbeiteten meistens mit Mika im Hof oder waren überhaupt nicht auffindbar, weil sie wieder in irgendeinem Baumarkt Werkzeug und Zubehör kauften.

Jetzt war das anders. Die Kinder sah ich gar nicht mehr, sie spielten plötzlich in ihren eigenen Zimmern. In Bastis Wohnung war es ganz still, er schlief wahrscheinlich aus. Opa werkelte allein in seiner Wohnung vor sich hin, die Väter arbeiteten an ihren Schreibtischen, der Garten war leer. Und Mika saß ganz allein in unserer Wohnung vorm Fernseher.

Nur bei mir hatte sich nichts geändert, ich war vor dem Gartenfest fast immer im Laden gewesen, und dorthin zog ich

mich auch jetzt zurück. Aber irgendwie fühlte ich mich dort plötzlich nicht mehr wohl.
Nach einem Tag hielt ich diese Situation nicht mehr aus. Nicht meinetwegen. Mir ging es um Mika, er tat mir leid. Familienstreit ist ja an sich schon fies genug. Wenn es sich bei den Streitenden aber nicht mal um deine eigene Familie handelt, ist er Horror pur.
»Willst du nicht mal was anderes sehen?«, fragte ich ihn beim Abendessen. »Vielleicht ein bisschen Natur, wir könnten eine Wanderung mit einem Picknick machen. Oder Kultur? Ein Schloss besichtigen? Oder möchtest du die Stadt sehen? Wir könnten auch eine Bootsrundfahrt machen.« Nicht dass mich irgendetwas davon besonders gereizt hätte, aber wir waren schließlich seine Gastfamilie, da konnten wir ihn nicht dauernd vorm Fernseher parken.
Ja, ja, ja, ich geb's ja zu. Ich machte diesen Vorschlag nicht nur, weil wir Mikas Gastfamilie waren. Ich wollte auch wissen, ob Jojo recht hatte. Flirtete Mika wirklich? Mit mir? Und das konnte ich natürlich nicht bei einem gemeinsamen Abendessen mit meinen Eltern herausfinden.
Zu meiner Überraschung wollte Mika ins Freibad. Mit mir. Wow!
»Gibt's in Helsinki denn keine Freibäder?«, fragte meine Mutter. Am liebsten hätte ich ihr gegen das Schienbein getreten.
»Doch«, sagte Mika. Sonst nichts.
»Kein Problem«, sagte ich. »Opa kann bei Frau Wunderlich einspringen, das hat er mir schon mehrfach angeboten.«

Freibad also. Keine schlechte Idee. Ich war ja geradezu zum Grottenolm geworden in den vergangenen Wochen. Tageslicht kannte ich kaum noch. Und ich hatte auch schon lange kein Kleid mehr getragen, nur noch alte Jeans und ausgeleierte T-Shirts. Ich wählte also ein kurzes weißes Kleid, steckte mir die Haare auf, stellte beglückt fest, dass meine Augenbrauen wieder aussahen wie immer, und freute mich auf den Tag.

Mika wartete unten an der Treppe auf mich. Als er meine Schritte hörte, sah er auf. Seine Augen leuchteten auf, als er mich musterte.

»Hübsch«, sagte er.

Tschakka! Für Mikas Verhältnisse war das eine richtig lange Rede! Er nahm mir meine Badetasche ab und warf sie sich über die Schulter. Wow! Ein Kavalier! Sowas kannte ich bisher nur aus Büchern. Waren die Jungs in Finnland alle so?

Die Sonne schien und eine Amsel zwitscherte, als Mika neben mir zur Bahn ging, zwei Taschen über seiner Schulter.

Ich hatte Jojo gefragt, ob sie mitkommen würde, aber sie hatte abgewinkt und behauptet keine Zeit zu haben. Das war garantiert geschwindelt. Aber nett war es auch.

»Es gibt zwei Freibäder in Helsinki«, sagte Mika plötzlich ungefragt. »Aber ich war nie dort.«

»Warum?«

»Im Sommer, wenn wir auf dem Land sind, baden wir im See. Und wenn ich in der Stadt bin, habe ich keine Zeit zum Schwimmen.«

Aha. Warum nicht? Das hätte ich gern gefragt, aber ich tat es nicht, denn ich wusste, er würde mir sowieso nicht antworten.

Auf der Wiese im Bad lagen ein paar aus meiner Klasse, ganz in der Nähe des Beckens, aber ich winkte nur rüber und breitete mein Handtuch weiter hinten aus. Ich wollte heute nicht an Schule erinnert werden.

Als ich mein Kleid über den Kopf zog, war ich verunsichert. So ein Bikini ist ja echt wenig Stoff, man zeigt sich darin fast hüllenlos. Aber Mika guckte gar nicht, er zog sein T-Shirt und seine Jeans aus, warf sich auf sein Badetuch und zog sein Buch aus dem Rucksack.

Ähm, ja, wirklich, er guckte nicht mal. Das fand ich jetzt auch irgendwie … Ach, egal. Ich guckte einfach auch nicht. Das hatte er jetzt davon.

»Ich geh schwimmen«, sagte ich.

»Hmmm.«

Gut. Das war dann eben ein gemeinsamer Schwimmbadbesuch auf Finnisch. Ich beschloss, mich erst mal abzukühlen, und wenn Mika danach nicht gesprächiger war, konnte ich immer noch zu der Clique aus meiner Klasse gehen.

Ich lief über die Wiese und war in Gedanken schon halb unter der Dusche, als ich plötzlich etwas an meinem Rücken spürte. Und dann hörte ich, wie jemand kicherte. Zum Glück schaltete ich in Sekundenbruchteilen, meine Hände schossen nach oben und hielten mein Oberteil fest, bevor es sich verabschieden konnte. Irgendwer hatte meinen Bikiniverschluss geöffnet. Aus den Augenwinkeln sah ich Niklas aus meiner Klasse. Er rannte mit rudernden Armen weg und kam sich dabei unglaublich witzig vor.

Plötzlich ging Niklas in vollem Lauf zu Boden. Jemand war

in schnellem Spurt hinter ihm hergelaufen und hatte ihm mit einem gezielten Tritt ein Bein weggekickt. Mika.

Mit hochrotem Kopf schloss ich den Bikini und zupfte ihn an die richtige Stelle, gerade noch rechtzeitig, bevor Mika neben mir auftauchte.

»Ich gehe auch schwimmen«, stieß er hervor, noch atemlos von der Verfolgungsjagd. Mehr sagte er nicht.

Manchmal ist es auch sehr angenehm, wenn jemand wortkarg ist. Ich stellte mich unter die Außendusche und ließ eiskaltes Wasser auf meinen Kopf prasseln. Wenn mein Gesicht danach immer noch rot war, hatte ich dafür jetzt wenigstens eine Ausrede. Mika war ein guter Schwimmer. Sowas lernt man wahrscheinlich in finnischen Seen. Während ich nur ein bisschen hin und her paddelte, schwamm er Bahn um Bahn. Aber ich merkte genau, dass er mich nicht aus den Augen ließ. Als eine Gruppe von Jungs direkt neben mir Frisbee spielte und die Scheibe auffallend oft direkt vor meine Nase fiel, war er sofort an meiner Seite.

Irgendwann kletterte ich aus dem Becken, und auch Mika verließ das Wasser. Weit kam er allerdings nicht. Plötzlich stand Niklas vor ihm, mit drohendem Gesicht. Ich hielt den Atem an. Die würden doch jetzt nicht …?

Mika richtete sich auf und strich sich seine Haare mit einer Handbewegung aus der Stirn. »Das würde ich an deiner Stelle nicht tun«, sagte er mit seinem tiefen Bass und ging einen Schritt auf Niklas zu.

Der zögerte einen Moment, dann gab er den Weg frei und murmelte etwas, das ich nicht verstand.

Mika fuhr herum. »Das hieß ›Entschuldigung, Tess‹, oder?«
Niklas wandte sich ab und ging.
»Danke«, sagte ich leise.
Mika zog eine Augenbraue hoch, dann zuckte er mit den Schultern. Er hatte es wirklich raus, genau an den richtigen Stellen zu schweigen. Aber wenn man fast nie was sagt, ist das natürlich auch nicht schwer.
Wir legten uns auf unsere Handtücher und ließen uns die Sonne auf den Rücken scheinen.
»Soll ich dich eincremen?«, fragte Mika. »Oder bekommst du davon rote Punkte?« Er grinste mich an. Ich versuchte, ihn mit meinem Handtuch zu hauen, aber er wich geschickt aus. Mit meinem hochmütigsten Gesichtsausdruck cremte ich mich demonstrativ selbst ein. Sogar den Rücken schaffte ich. Nicht, dass der sich auch noch am Verschluss meines Oberteils zu schaffen machte! Obwohl – so schätzte ich Mika nicht ein. Da hatte er doch ein bisschen mehr Stil als die Jungs aus meiner Klasse.
»Darf ich dir eine Frage stellen?« Mika hatte den Kopf auf seinen Arm gelegt und blinzelte mich gegen die Sonne an. Er hatte unglaublich lange Wimpern.
»Nur, wenn ich dir auch eine stellen darf.«
Er verzog das Gesicht, als täte ihm allein der Gedanke schon weh, aber dann gab er nach. »Okay. Eine.«
»Ich zuerst«, bestimmte ich. »Und ich antworte dir nachher genauso lange und ausführlich wie du mir jetzt.«
Er lächelte sein schiefes Mika-Lächeln.
Okay, dann los. »Als du meinen Brief bekommen hast, da hast

du doch gemerkt, dass ich dich für ein Mädchen gehalten habe. Warum hast du das nicht richtiggestellt?«

Er schloss die Augen, dann öffnete er sie wieder. Heute waren sie gletschereisblau. »Ich wollte unbedingt zu euch kommen. Und ich dachte, dass du mir eine Absage schickst, wenn du merkst, dass ich nicht Mia bin.«

»Und warum wolltest du unbedingt kommen?«

»Hey, nur *eine* Frage!«

»Pfff.«

»Jetzt ich«, sagte er. Ich nickte. Er dachte kurz nach, dann kam die Frage: »Was hast du am ersten Abend in meine Zimmer gewollt?«

»Dein Zimmer war eine tickende Zeitbombe«, sagte ich und vergrub mein Gesicht in meiner Armbeuge. »Das Bett war unbequem, da fehlten ein paar Latten im Rost. Und wenn du das Licht angemacht hättest, wäre dir vor Gestank die Luft weggeblieben. Sorry, das waren dumme Streiche. Ich wollte, dass Mia sich bei uns nicht wohlfühlt und schnell wieder abreist. Ja, ich weiß, das war doof.«

»Und als dann nicht Mia, sondern Mika vor dir stand – da wolltest du nicht mehr, dass ich abreise?«

»Hey, nur *eine* Frage!«, sagte ich, drehte mich auf den Rücken und starrte in die Äste des Baumes über uns.

»Pfff.« Mika drehte sich ebenfalls auf den Rücken.

»Warum wolltest du von zu Hause weg?«, fragte ich.

Eine Weile lag er ganz still. »Es gab Streit«, sagte er dann. »Mit meinen Eltern.« Er schwieg wieder, und nach ein paar Minuten war mir klar, dass er nicht mehr sagen wollte.

Gut, dann jetzt wieder ich. »Es war nichts Persönliches, ich hatte nichts gegen Mia«, sagte ich. »Ich wollte in den Ferien nur lieber verreisen, mit Jojo, nach Spanien. Ich wollte …« Ich zögerte, denn ich war unsicher, wie ehrlich ich sein sollte. Na, ganz ehrlich vielleicht nicht. Aber ein bisschen schon, sonst konnten wir dieses Gespräch auch lassen, sonst brachte es nichts. Ich gab mir also einen Ruck. »Ich wollte am Strand ein Lagerfeuer anzünden. Ich wollte da im Schlafsack übernachten und den Wellen zuhören. Und ich wollte mal so sein, wie ich wirklich bin. Wobei ich nicht mal genau weiß, wie eigentlich. Das wollte ich wohl dabei herausfinden.« Boah, klang das schwülstig. Am liebsten hätte ich das wieder gelöscht.
»Wissen, wer man ist«, murmelte Mika. Er blickte eine Weile versonnen in den Baumwipfel, dann drehte er sich plötzlich auf den Bauch, stützte sein Kinn in seine Hände und sah mich an. »Kennst du die Zehntausend-Stunden-Regel?«
»Nein.«
»Sie sagt, dass Talent und Genie überschätzt werden. Du kannst als ganz normale Mensch alles werden, Sportler, Maler, Schriftsteller, Musiker, Wissenschaftler. Du musst nur zehntausend Stunden daran arbeiten und üben.«
Mir fiel auf, dass sein Deutsch viel besser geworden war. »Zehntausend Stunden?«, fragte ich. »Klingt viel.«
»Angenommen, du übst jeden Tag drei Stunden, dann sind es nicht mal zehn Jahre.«
»Puh. Das ist definitiv viel.«
»Was würdest du werden wollen, in zehntausend Stunden?« Er sah mich immer noch an.

»Wie lange braucht man für glücklich?«, fragte ich. Aber dann fand ich, dass das missverständlich geklungen hatte. »Versteh mich richtig«, fuhr ich fort. »Ich bin nicht faul oder so. Nicht sehr auf jeden Fall. Und wenn ich in zehntausend Stunden die Welt ein bisschen besser machen könnte, dann würde ich sofort damit anfangen. Aber zehn Jahre lang malen, nur damit ich mir ein eigenes Bild an die Wand hängen kann? Nee, sorry, das ist es mir nicht wert.«
»Die Welt besser machen?«, fragte Mika. »Ist sie denn so schlecht?«
»Auch so eine Frage, über die ich am spanischen Strand mal in Ruhe nachdenken wollte.«
»Und jetzt kannst du es nicht. Wegen mir.«
»Nicht wegen dir«, sagte ich und seufzte. »Sie brauchen mich hier. Mit Mia oder Mika hat das nichts zu tun.«
Plötzlich traf mich ein Schwall Wassertropfen, ich zuckte zusammen und kreischte auf.
»Duhuu, Tehess«, sagte Leo und schüttelte sich neben mir noch einmal wie ein kleiner Hund. Wo kam der denn plötzlich her?
»Leo! Was machst du denn hier?«
»Wir sind alle da. Mit Papi. Da drüben.« Er winkte seinem Vater zu, der ein paar Meter weiter auf einer karierten Decke saß und nicht gerade glücklich aussah. Seinem Gesichtsausdruck nach war es wohl leichter, einen Sack Flöhe zu hüten als diese vier Kinder im Freibad.
»Duhu, Tehess?« Leo hüpfte von einem Bein aufs andere.
»Ja, Leo?«
»Kannst du rutschen? Auf der Wasserrutsche?«

»Ja. Und du?«
Er bohrte seinen großen Zeh in den Rasen und sah zu Boden. »Manchmal.« Er schluckte. »Ich weiß nicht, ob ich es heute kann.«
»Leo, sollen wir mal zusammen rutschen? Zusammen ist es leichter.«
Er nickte heftig.
Ja, und dann rutschten wir. Mika auch. Nach zwei Minuten war die ganze Rasselbande dabei, und es war sehr laut im Kinderplanschbecken.
Auch sehr lustig. Ja, das schon. Nur – ich hatte immer noch so viele Fragezeichen im Kopf, wenn ich an Mika dachte, und ich sah überhaupt keine Möglichkeit, in der Nähe dieser Großfamilie genug Zeit und Ruhe für Antworten zu finden. Aber leider war irgendjemand von dieser Familie IMMER in der Nähe, egal, wohin ich ging. Grmpf.

Die Fragezeichen wurden noch größer, als ich abends in meinem Bett lag. Denn kurz vorm Einschlafen hörte ich Mikas Zimmertür quietschen. Ich dachte erst, er sei unterwegs ins Bad, aber die Badezimmertür klapperte nicht. Als ich zu meiner Tür schlich und sie einen Spalt weit öffnete, konnte ich gerade noch Mikas Schatten auf der Treppe sehen. Hatte er Hunger? Wollte er in die Küche? Doch ein paar Augenblicke später hörte ich, wie Mika unsere Wohnungstür leise hinter sich zuzog. Das Display meines Handys zeigte: Es war halb zwölf. Wo wollte er hin? Was, wenn ihm in der dunklen Stadt etwas passierte? Ich stürzte an mein Fenster und beugte mich weit hinaus, aber die Straße war und blieb leer. Wo steckte er? Rauchte er heimlich? Vielleicht im Hinterhof? Ich überlegte, ob ich ihm folgen sollte, aber ich hatte noch genug von unserer letzten Begegnung in der Dunkelheit. Heute im Freibad hatten wir zum ersten Mal normal miteinander gesprochen. Das wollte ich nicht zerstören.

Ich beschloss also, meine Neugier zu überwinden und einfach ins Bett zu gehen. Mika war alt genug, um selbst auf sich aufzupassen. Basta.

Es war schon nach zwölf, als ich mein Licht löschte. Von Mika war nichts zu hören, und ich lauschte noch lange in die Dunkelheit. Irgendwann muss ich darüber eingeschlafen sein.

Casting-Agentur
»Je oller, je doller«
Seniorenmodels für Film und Fernsehen
Hauptstraße 114
60311 Frankfurt

An
Theresa Walter   Adressänderung:
Fichtenstraße 70   Holzhauerstr. 63
60322 Frankfurt   60322 Frankfurt

Sehr geehrte Frau Walter,

herzlichen Dank für Ihre Anfrage. Leider können wir nicht jedes Schreiben individuell beantworten. Informationen über geplante Castings erhalten Sie aber regelmäßig auf unserer Website www.ollerdoller.de. Wenn dort etwas Passendes dabei sein sollte, können Sie sich gern über das Onlineformular bewerben, das Sie dort finden.

Mit freundlichen Grüßen

i. A.

T. Borst

13

Am nächsten Morgen, einem Samstag, weckten mich tschilpende Spatzen. Ich wollte mich eigentlich noch einmal umdrehen und weiterschlafen, aber der erste Gedanke, der mir noch im Halbschlaf durch den Kopf geisterte, jagte mich aus dem Bett: Ist Mika wieder da? Wenn nicht, musste ich ganz schnell was unternehmen. Eltern. Polizei. Irgendwie so.

Nur – wie sollte ich herausfinden, ob er zurückgekommen war?

Ich rappelte mich auf, setzte mich auf die Bettkante und versuchte, einen klaren Gedanken zu fassen.

Okay. Schlüsselloch. Das war die Lösung. Ich schlich zu Mikas Zimmertür und spähte durch die winzige Öffnung.

Tja, das war leider doch keine Lösung, da drin war alles dunkel. Und selbst wenn ich die Tür jetzt öffnen würde, könnte ich bei einem Blick in den Raum womöglich gar nichts erkennen. Wenn da auf dem Bett nur ein unförmiges Deckengewuschel war, was dann? Ich konnte ja nicht einfach hingehen und Mika die Decke wegziehen. Nachher war er doch da …

Also gut, da half alles nichts, ich musste tricksen. Die Sache war zu wichtig, um sie auf sich beruhen zu lassen. Ich ging also leise in mein Zimmer zurück, kehrte um und trampelte laut Richtung Flur. Im Türrahmen meines Zimmers holte ich mit

dem Fuß aus und kickte mit aller Kraft gegen das Rahmenholz. Das Schmerzgejaule, das ich danach ausstieß, musste ich nicht spielen. Nackter Zeh auf Türrahmen, da konnte ich locker mit Tarzan mithalten. Als ich jammernd auf einem Bein durch den Flur hüpfte, war ich sicher, dass Mika mich hören musste. Hmmm, in seinem Zimmer blieb alles still. Also musste ich doch nachsehen. Ich legte die Hand auf die Klinke und drückte sie vorsichtig herunter.
»Alles klar, Tess?«, fragte Mikas Stimme hinter mir. Gaah! HINTER mir! Mein Herz setzte einen Schlag aus. Ich drehte mich langsam um. Da stand er, in der Badezimmertür, die Zahnbürste im Mundwinkel. So ein verdammter Mist aber auch. Wie lange hatte er mich schon beobachtet?
»Nur eine Frage«, sagte Mika betont vorsichtig. »Ist da wieder Knoblauch in meine Zimmer? Soll ich lieber abreisen?«
»Neiiin«, sagte ich. »Es ist .... Ich hab heute Nacht was gehört, und ich hatte befürchtet, du wärst vielleicht weg. Es hätte ja was passiert sein können.«
»Oh. Und in solchen Fällen trittst du gegen Wände und machst einen Tanz?«
»Ja, klar. Du nicht?«
Er lachte.
»Frühstück?«, fragte ich.
»Frühstück«, antwortete er. Aha. Neuerdings aß er morgens was!

Wir hatten versucht, die Sache irgendwie wegzulachen, aber als wir am Tisch saßen und Müsli in uns hineinschaufelten, waren

wir beide nicht locker. Ich vermied es, das Gespräch auf meinen Tarzantanz zu bringen, und Mika wollte sichtlich nicht gefragt werden, wo er in der Nacht gewesen war.
Irgendwann fragte ich aber doch.
»Ich habe einen Nachtspaziergang gemacht«, sagte er.
Dass ich ihn auf der Straße nirgends gesehen hatte, erwähnte ich nicht. Mir war das unangenehm. Ich wollte ja nicht wirken, als würde ich ihm nachspionieren. Zum Glück war Samstag, der Laden würde um neun öffnen, und ich konnte wieder einmal zu Frau Wunderlich flüchten.

Erleichtert flitzte ich wenig später die Treppe hinunter. Aber als ich unten ankam und schwungvoll nach der Holzkugel über dem Schlüsselversteck greifen wollte, fiel sie polternd zu Boden. Irritiert blieb ich stehen. Das konnte doch nicht sein. Die Kugel war normalerweise so fest verschraubt, dass Kinderhände sie nicht aufdrehen konnten. Darauf achtete ich immer besonders, wenn ich den Schlüssel zurücklegte, ich wollte ja unbedingt verhindern, dass die Kids im Antiquitätenladen ihr Unwesen trieben.
Ich dachte nach: Gestern Abend, als ich vom Freibad zurückgekommen war, hatte Frau Wunderlich den Laden von außen abgeschlossen und mich gebeten, die Tür zum Treppenhaus zu verschließen und den Schlüssel ins Versteck zu legen. Ich war hundertprozentig sicher, dass ich das getan und die Kugel fest verschraubt hatte. Warum hatte sie dann eben nur lose auf dem Sockel gelegen?
Der Schlüssel war zum Glück da. Mit zitternden Fingern

nahm ich ihn, schloss die Tür auf und öffnete sie langsam. Ich hatte Angst vor dem Anblick, der sich mir dort bieten würde. Scherben? Aufgerissene Schubladen? Leere Regale? Aber der Ladenraum lag ganz still im Morgenlicht. Zumindest auf den ersten Blick war alles wie immer. Mein Blick wanderte zu der Glasvitrine mit den Schmuckstücken. Auch sie war unbeschädigt. Kurz überlegte ich, was ich tun sollte. Staub wischen, wie sonst? Aber danach wären natürlich alle Fingerabdrücke weg. Obwohl – welche Fingerabdrücke? Plötzlich kam ich mir albern vor. Bestimmt hatte mein Opa abends noch irgendetwas in den Laden gebracht und das Schlüsselversteck aus Versehen nicht richtig geschlossen. Und ich machte gleich einen Krimi daraus! Entschlossen griff ich nach Pinsel und Lappen und machte mich an die Arbeit.

Als ich den reich verzierten Goldrahmen eines alten Ölgemäldes entstaubte, musste ich an Mika und seine Zehntausend-Stunden-Regel denken. Stimmte das denn? Konnte ich ein solches Bild hervorbringen, wenn ich es schaffte, zehntausend Stunden lang zu üben? Und wenn ich es rein theoretisch schaffen konnte – würde ich es vielleicht doch wollen? Oder gäbe es etwas anderes, was mir wichtiger wäre? Ich konnte ja auch zehntausend Stunden lang singen. Oder ein Instrument lernen. Ein Buch schreiben. Eine Sportart trainieren. Was würde mich reizen? Vielleicht etwas mit Antiquitäten? Und was war es, das Mika sich wünschte?

Mika! Plötzlich schlugen meine Gedanken einen Salto und landeten ganz woanders. In der Nacht hatte er die Wohnung verlassen, ich war mir ganz sicher gewesen, die Tür gehört zu haben. Aber unten auf der Straße hatte ich ihn dann nicht gesehen. Vielleicht hatte *er* den Schlüssel genommen, das passte doch! War er heimlich im Laden gewesen? Und wenn ja – warum?

Plötzlich fiel mir auf, dass wir überhaupt nichts über Mika wussten. Mein Opa kannte seinen Opa, deswegen vertrauten wir ihm. Aber reichte das aus? Es gab garantiert Fieslinge, die richtig nette Opas hatten. Okay, fies kam mir Mika nun wirklich nicht vor. Aber vielleicht war er auch ein guter Schauspieler, diesen Verdacht hatte ich ja anfangs schon einmal gehabt. Er war jetzt immerhin schon länger als eine Woche bei uns, und ich wusste immer noch fast nichts über ihn.

An dieser Stelle meiner Überlegungen begannen alle Uhren zu rasseln und zu schlagen. Es war halb neun. Frau Wunderlich würde gleich kommen und den Laden öffnen.

Ausgerechnet in diesem Moment tauchte mein Cousin Basti im Laden auf. Man sah ihm an, dass er gerade erst aus seinem Bett gekrochen war. Er trug eine Jogginghose, ein übergroßes T-Shirt, seine Haare standen wirr in alle Richtungen vom Kopf ab, und auf der linken Wange hatte er einen Kissenabdruck. Kein Wunder, halb neun war überhaupt nicht seine Zeit.

»Familienkonferenz«, sagte er und gähnte. »Du sollst in den Hinterhof kommen.«

Oh Mann. Was für ein Tag! Das passte mir jetzt gar nicht.

»Ich kann jetzt nicht, ich arbeite!«, fauchte ich. »Können wir das nicht später machen?«

Basti nickte. »Ganz meine Meinung. Aber die anderen sagen, dass das nicht geht. Nachher sind nämlich alle weg.«

Tja, was blieb mir anderes übrig?
»Worum geht's denn?«, fragte ich.
»Garten, die zweite«, meinte Basti und gähnte wieder.
Im Hof waren schon alle versammelt, auch Mika war da. Er machte allerdings ein Gesicht, als wäre er gern woanders. Ich sah mich um. Irgendetwas stimmte nicht. Irgendwas war anders als sonst. Jemand hatte Plastikstühle im Kreis aufgestellt, aber das war es nicht, was mich störte. Das war garantiert mein Vater gewesen, Lehrer machen sowas dauernd.
Allerdings setzte sich keiner, alle standen verlegen da. Und dann wurde mir klar, was mich irritiert hatte: Es war ganz still. Die gesamte Familie Walter war anwesend, aber keiner sagte ein Wort. Wow. Die Lage war ernst.
Seufzend ließ ich mich auf den Stuhl fallen, der dem Fluchtweg am nächsten war. »Können wir dann bitte anfangen?«, fragte ich. »Ich muss arbeiten.«
Klar, das war zickig, kein Wunder, dass mich jede Menge böser Blicke trafen. Und Tante Gwenny dachte bestimmt wieder, dass ich schlecht erzogen war. Aber wenigstens hatte mal jemand was gesagt. Ein paar Minuten später saßen alle auf ihren Stühlen. Und jetzt? Das schien sich jeder zu fragen. Es war schließlich unsere erste Familienkonferenz.
Mein Vater ergriff das Wort. »Wir haben uns hier eingefunden, um gemeinsam eine Lösung für den Garten zu finden«, sagte er.
»Ach nee«, meinte Basti. »Und ich hatte gedacht, wir wollten zusammen Atome spalten.«
Ich kicherte. Der war ja ähnlich schlecht erzogen wie ich. Mein

Vater warf uns beiden strafende Blicke zu. »Das Problem ist«, fuhr Paps mit Lehrerstimme fort, »dass wir alle konkurrierende Nutzungskonzepte haben.«

Puh! Ging's vielleicht noch ein bisschen abgehobener? Leo sah mich hilfesuchend an. Er hatte sichtlich keine Ahnung, was ein konkurrierendes Nutzungskonzept war.

Ich beugte mich vor und sagte leise: »Dein Onkel meint, dass der Garten zu klein für einen Sandkasten *und* eine Schaukel *und* eine Terrasse *und* ein Beet ist.«

Leo nickte. Das hatte er jetzt verstanden. Mein Vater dagegen durchbohrte mich mit einem Harpunen-Blick, weil ich ihn unterbrochen hatte. »Es gibt daher zwei Konzepte«, nahm er seinen Faden wieder auf. »Entweder wir teilen den Garten in vier Parzellen, in der Größe analog zur Größe der jeweiligen Wohnung, und jeder kann mit seinem Anteil tun, was er will. Oder wir einigen uns auf ein Gemeinschaftskonzept, also beispielsweise Rasen und blühende Büsche, und jeder muss alle Utensilien, die er zu seiner Nutzung benötigt, *vor* Gebrauch hin- und *nach* Gebrauch wegräumen.«

Blablabla. Noch komplizierter ging's ja wohl nicht. Leo begann, mit den Füßen zu zappeln. Ich beugte mich wieder zu ihm: »Dein Onkel meint, dass es zwei Möglichkeiten gibt. Entweder bekommt jede Familie ein eigenes Stück Garten, auf dem sie machen kann, was sie will. Oder wir nutzen alle den ganzen Garten. Dann ist in der Mitte eine Wiese, und an den Rand pflanzen wir ein paar Büsche. Wenn dann jemand im Garten spielen will, muss er sein Spielzeug immer mitbringen, und wenn er fertig ist, muss er es wieder aufräumen.«

»Wie«, sagte Leo. »Wie … wie …« Er schnaufte. »Wie soll ich denn jeden Tag meinen Sandkasten mitbringen und aufräumen?« Er machte wieder diese runden Welpenaugen.
Onkel Marius lachte dröhnend, aber sein Gelächter klang nicht echt. »Gute Frage, mein Sohn! Du bringst das Problem auf den Punkt. Dein Onkel Tim lässt uns hier die Wahl zwischen Pest und Cholera. Winzige Parzellen oder ein leerer, aufgeräumter Garten, beides ist unbrauchbar. Aber das ist ihm offenbar egal.«
»Marius, bitte«, sagte mein Vater. »Ich möchte, dass unsere Hausgemeinschaft nicht an dieser Frage zerbricht, und dafür brauchen wir eine Lösung. Wenn dir meine Vorschläge nicht gefallen, steht es dir frei, eigene in die Diskussion einzubringen.«
»Ich schlage eine zeitliche Aufteilung vor«, sagte Onkel Marius. »Wir dürfen fünf Jahre lang Schaukel und Sandkasten aufstellen, und danach könnt ihr fünf Jahre lang tun, was ihr möchtet. Na, ist das ein Angebot?«
»In fünf Jahren ist Tess neunzehn. Dann wohnt sie nicht mehr hier«, sagte meine Mutter.
Ich hob abwehrend die Hände. »Ich halte mich da raus. Ich brauche keinen Garten.« Das stimmte zwar nicht, ich hätte schon gern eine lauschige Laube gehabt, in der ich Hausaufgaben machen und mich mit Jojo im Sommer sonnen konnte. Aber bisher war's ja auch ohne gegangen, und ich wollte den Streit nicht noch befeuern.
Meine Friedfertigkeit nützte jedoch nichts. Jetzt erwachte in meiner Mutter der Kampfgeist. »Marius, du verkaufst uns hier

deine Interessen als Kompromiss. Wie wäre es, wenn du stattdessen auch auf etwas verzichten würdest? Auf die Schaukel zum Beispiel. Eine Terrasse links und eine Sandkiste rechts im Garten, das wäre doch ein echter Kompromiss. Ich verzichte auf das Beet und du auf die Schaukel. Damit könnten wir doch vielleicht alle leben.«

»Vier Kinder«, sagte Onkel Marius. Seine Stimme triefte vor Hohn. »Vier Kinder und eine Sandkiste. Wie soll das gehen?«

»Lasst uns doch abstimmen«, sagte Tante Gwenny.

»Tolle Idee«, fauchte meine Mutter ihre Schwester an. »Bei elf Stimmen könnt ihr zu sechst natürlich jede Abstimmung gewinnen.«

»Das ist Demokratie«, gab sie zurück.

»Diktatur ist das«, sagte meine Mutter. »Die Diktatur der Kinderreichen. So nach dem Motto: Lasst mich durch, ich bin Mutter.«

Ups. Ganz schön unfreundlich. Aber klar, meine Mutter und Tante Gwenny waren Schwestern. Und unter Geschwistern fasste man sich ja bekanntlich nicht mit Samthandschuhen an. Das galt offenbar auch für Erwachsene.

Basti riss die Augen auf, er wirkte plötzlich gar nicht mehr schläfrig. Sein Interesse war geweckt. »Philosophisch betrachtet ist das ein interessanter Konflikt«, sagte er.

Oh nein! Nicht schon wieder. »Was machen wir denn jetzt?«, fragte ich.

»Das ist es ja, was ich sagen will«, meinte Basti. »Wir machen nichts.«

»Interessante Philosophie.« Das war ironisch gemeint, aber

Basti nahm meinen Kommentar ernst. »Finde ich auch. Nennt sich Wu Wei.«
»Wu wer?«
»Wu Wei. Das ist ein chinesisches Prinzip des Daoismus. Es heißt so viel wie ›Handeln durch Nicht-Handeln.‹ Verstehst du?«
»Nein.«
»Die wichtigsten Dinge auf dieser Welt geschehen von allein, und es reicht aus, wenn wir sie aufmerksam beobachten und ihnen nicht im Weg stehen. Man muss den Dingen einfach mal ihren Lauf lassen.«
Ich runzelte die Stirn. »Wir tun also nichts? Und das nennen wir Wu Wei?«
»Genau. Je mehr du was willst, desto weiter entfernt es sich. Und wenn du loslässt, läuft's von selbst. Auf dieser Welt ordnet sich alles von selbst, man soll da nicht eingreifen.«
Okay, wenn das so war, dann würde Basti es weit bringen. Sehr weit. Im Nichtstun und Niemandem-im-Weg-Stehen war er ziemlich gut. Aber für unseren Opa war das nichts.
»Leute, ich habe eine Idee«, sagte er. »Ich bastele uns ein Nutzungskonzept, mit dem alle glücklich werden. Und wenn das fertig ist – ich bin sicher, dann sind wir alle Probleme los. Dann haben wir den optimalen Garten für alle.«
Obwohl ihm den Gesichtern nach eindeutig keiner glaubte, waren alle froh, die Entscheidung vertagen zu können. Alle mussten nämlich weg. Onkel Marius und Tante Gwenny wollten mit den Kindern in den Zoo. Meine Eltern und Mika planten einen Besuch bei Mikas deutscher Verwandtschaft in

Hanau, bei Schwestern seiner Oma. Und Basti behauptete, er müsse dringend seine Wohnung putzen. Ha! Ich glaubte ihm kein Wort. Okay, dass eine Reinigungsaktion bei ihm dringend notwendig war, glaubte ich schon. Aber dass er wirklich putzen würde, hielt ich für äußerst unwahrscheinlich. Aber egal. Erleichtert lösten wir die Versammlung auf und zerstreuten uns in alle Winde.

Als ich zurück in den Laden ging, fischte ich einen Brief an mich aus dem Briefkasten, doch in Gedanken war ich ganz woanders. Ich hatte nämlich kein gutes Gefühl bei Opas Vorschlag. Seit der Sache mit Mika wusste ich, wie eigenwillig er Probleme löste. Aber ich konnte da jetzt auch nichts mehr retten. Im schlimmsten Fall mussten wir seine Idee bei der nächsten Konferenz eben ablehnen.

Ja, das dachte ich. Hahaha, ich hätte es besser wissen müssen. Wenn Opa etwas plant, kann ihn nichts und niemand davon abhalten.

Hessisches Kultusministerium
Luisenplatz 10
65185 Wiesbaden

An

Theresa Walter	Adressänderung:
Fichtenstraße 70	Holzhauerstr. 63
60322 Frankfurt	60322 Frankfurt

18. August

Liebe Theresa,

vielen Dank für dein Schreiben vom 27. Mai.

In Hessen obliegt es den einzelnen Schulen, im Rahmen ihrer Organisationshoheit den Schulbeginn festzulegen.

Mit deiner Bitte um einen späteren Unterrichtsstart müsstest du dich daher an deine Schulleiterin oder deinen Schulleiter wenden.

Ich möchte dich aber darauf hinweisen, dass ähnliche Initiativen wie deine in anderen Bundesländern bereits am Widerstand von Schülern, Eltern und Lehrern gescheitert sind. Denn wenn der Unterricht später beginnt, endet er auch später, und dann bleibt euch Schülern nachmittags weniger Zeit für Hobbys, Freizeit und Hausaufgaben. Und im Winter seht ihr das Tageslicht nur noch durchs Fenster. Wenn ihr die Schule verlasst, ist es dann draußen schon dunkel.

Mit freundlichen Grüßen

Im Auftrag

Monika Weißlich
Bürgerbüro

14

Um eins schloss Frau Wunderlich samstags ihren Laden. Ich sperrte die Tür zum Treppenhaus ab, versteckte den Schlüssel, drehte den Knauf ganz fest zu und ging durch das stille Treppenhaus hoch in unsere Wohnung. Dabei dachte ich noch einmal über das Schlüsselversteck nach. Was war da nur los gewesen? Der Gedanke, dass Mika nachts im Laden gewesen war, kam mir jetzt absurd vor. Warum sollte er sowas denn tun? Aber vielleicht sollten wir das Versteck trotzdem sicherheitshalber ändern. Ich beschloss, am Montag mit Frau Wunderlich darüber zu sprechen.

Das ganze Haus war leer und still. Keiner war da, außer Basti, der ja angeblich putzte. Hinter seiner Wohnungstür hörte ich allerdings keinen Staubsauger brummen und auch keine Schritte. Vielleicht hatte er sich doch heimlich verdrückt. Und sogar Opa war weg. Eben hatte er noch im Garten den Rasen gemäht, oder besser, das Unkraut, aber danach hatte er sich mit einem geheimnisvollen Lächeln von mir und Frau Wunderlich verabschiedet und war verschwunden.

Ich versuchte, Jojo zu erreichen, aber sie ging nicht an ihr Handy. Weil ich in der Nacht nicht viel Schlaf bekommen hatte, legte ich mich aufs Bett und döste irgendwann ein.

Ich erwachte vom Klopfen eines Hammers. Dann kreischte eine Kreissäge auf. Benommen setzte ich mich auf, konnte aber nicht gleich aufstehen. Erst musste ich warten, bis mein Kreislauf auch wach war, und danach musste ich mich daran erinnern, wer ich war, welche Tages- und Jahreszeit gerade herrschte, und was ich heute noch vorgehabt hatte.

Zumindest die letzte Frage war nach einem Blick aufs Handy schnell geklärt: Es war drei Uhr nachmittags, und ich hatte keine Nachrichten von irgendwem bekommen. Ich hatte für den Rest des Tages gar nichts vor. Okay, das schien machbar.

Als ich mich stark genug fühlte, um diesem aufregenden Nachmittag entgegenzutreten, rappelte ich mich auf, ging runter und trat auf den Balkon, um herauszufinden, woher der Lärm kam. Und dann riss ich die Augen auf. Unten im Hof stand mein Opa. Komisch, er wollte sich doch Gedanken über ein neues Gartenkonzept machen, aber das, was er da tat, sah überhaupt nicht nach »Gedanken machen« aus. Und es hört sich auch nicht so an. Es wirkte und klang eher wie »einen Plan in die Tat umsetzen«. Und dieser Plan hatte die Dimension einer Großbaustelle. Ach du lieber Himmel! Was baute der denn da? Etwa ein integriertes Sandkasten-Schaukel-Terrassen-Beet auf vier Etagen? Bloß nicht!

Ich sauste raus aus der Wohnung, in den Flur, und hämmerte an Bastis Tür.

Schlurfende Schritte verrieten mir, dass er da war. Die Tür ging auf, da stand er, in T-Shirt und Boxershorts, eine Kaffeetasse in der Hand. »Was'n los?«

»Opa«, sagte ich.

Basti ließ fast die Tasse fallen vor Schreck. »Ist was passiert? Wo ist er? Geht's ihm schlecht?«
»Nein, alles gut«, sagte ich schnell. »Es ist nur: Er baut was. Im Garten. Etwas Riesiges. Ohne das mit jemandem abzusprechen. Das gibt bestimmt neuen Streit.«
»Puh.« Basti ließ seine Schultern kreisen und lockerte sie dann. »Und ich dachte schon, es wär was Ernstes.«
»Mensch, Basti, das ist doch ernst. Noch so ein Streit, und wir können alle wieder ausziehen.«
Als ich das sagte, merkte ich zum ersten Mal, dass ich diesen Gedanken schrecklich fand.
»Ach Quatsch, das passiert niemals. Ist doch ganz normal, dass es in Familien Streit gibt. Komm mal rein, Cousinchen!« Er öffnete die Tür weit. »Willst du einen Kaffee zur Beruhigung? Oder einen Tee?«
»Tee«, sagte ich und folgte ihm in seine Küche. »Am besten mit Kamille, Baldrian, Hopfen und Lavendel.«
Basti holte eine zerdrückte Pappschachtel mit Teebeuteln aus einem Schrank. »Morgenmuffeltee«, las er vor. »Das ist alles, was ich habe.«
»Klingt super.« Ich ließ mich auf einen seiner Küchenstühle fallen und sah ihm dabei zu, wie er einen total verkalkten Wasserkocher füllte und den Teebeutel in eine Tasse mit der Aufschrift »Held der Arbeit« warf.
»Du glaubst also, dass Opas Aktion gut ist? Dass sie nicht alles noch schlimmer macht?« Ich sah ihn hoffnungsvoll an.
»Nee, nee, nee, das habe ich nicht gesagt.« Er füllte die Tasse mit Wasser und stellte sie vor mich hin. Dann setzte er sich auf

den zweiten Stuhl mir gegenüber. »Kann schon sein, dass Opa jetzt einen richtigen Bock schießt.«
»Ja, und sollen wir ihn dann nicht stoppen?«
Er lachte. »Opa? Stoppen? Wie soll das gehen?«
»Aber irgendwas müssen wir doch tun.«
»Wer sagt das?«
»Wir können doch nicht einfach zusehen, wie alles kaputtgeht.«
»Aber es geht doch nichts kaputt. Es kommen nur schwere Zeiten auf uns zu, aber das schaffen wir schon, und dadurch lernen wir ganz viel. Wirst sehen, alles wird gut. Denk an Wu Wei.«
Irgendwie biss sich das mit etwas anderem, das ich erst gestern gehört hatte. »Und was ist mit der Zehntausend-Stunden-Regel?«
Er zuckte mit den Schultern. »Kenn ich nicht.«
Das hätte ich mir eigentlich denken können. »Sie besagt, dass man als Mensch eigentlich in jedem Lebensbereich Großes vollbringen kann, wenn man sich zehntausend Stunden lang intensiv mit diesem Thema beschäftigt, wenn man also zehntausend Stunden lang übt.«
Ich nahm einen Schluck von dem Tee. Wenn man den Geschmack von Heu mochte, war er gar nicht so schlecht. Basti erhob sich, holte eine Packung Kekse aus dem Schrank und stellte sie vor mich. »Ich finde nicht, dass die Zehntausend-Stunden-Regel und Wu Wei sich widersprechen«, sagte er und setzte sich wieder.
»Nicht? Aber wie soll ich denn nichts tun und gleichzeitig zehntausend Stunden üben?«

»Ich zeig's dir. Komm mal mit rüber.«
Ich folgte ihm in sein großes, unordentliches Wohn-Ess-Schlaf-Arbeitszimmer.
»Kannst du singen?«, fragte er über die Schulter.
»Nein.«
»Doch. Kannst du. Alle Walters können singen.«
Na, wenn er das sagte.
Er wies mit der Hand auf seinen einzigen Sessel, und ich setzte mich. Dann drückte er mir einen Stapel Noten in die Hand. »Wir üben das jetzt ein. Für Opas Sechsundsiebzigsten. Da führen wir es vor.«
»Aber der ist doch erst nächstes Jahr.«
»Stimmt, zehntausend Stunden haben wir nicht mehr. Aber ich glaube, so viele brauchen wir in diesem Fall auch nicht.«
»Wir üben jetzt also ein Lied? Für Opa? Statt ihn davon abzuhalten, etwas sehr Dummes zu tun?«
»Genau.«
»Und das hilft?«
»Probier's!«
Ich blickte auf die Noten. Es handelte sich um den Song »Calm after the Storm« von den *Common Linnets*.
»Ist doch gar nicht dein Musikgeschmack«, sagte ich.
»Der Wurm muss dem Fisch schmecken und nicht dem Angler.«
»Aber da geht's um Liebeskummer«, sagte ich. »Das passt doch gar nicht zu Opa.«
»Da geht's um Heartache«, sagte Basti. »Kummer. Und um die Frage, ob man zusammenbleiben oder sich trennen soll. Und

um die Ruhe, die manchmal nach einem Sturm, also einem Streit eintritt. Das passt sehr gut.«

Basti nahm seine Gitarre und begann mit der Einleitung. Als er zu singen begann, war ich erstaunt. Er hatte eine richtig gute Stimme. Auffordernd nickte er mir zu, und ich versuchte, ganz leise die zweite Stimme dazu zu singen. Nach einer Weile wurde ich sicherer.

Nach der ersten Strophe hielt Basti inne und sah mich an. »Hey, Cousinchen, ich wusste gar nicht, dass du so gut bist«, sagte er. Ich grinste ihn an. »Ich auch nicht.«

Wir übten lange. Nicht gerade zehntausend Stunden, aber doch den ganzen Nachmittag lang. Unsere Stimmen passten gut zusammen, fand ich, und wir probierten viele Songs. Gegen Abend war ich so locker und gut drauf, wie schon lange nicht mehr. Wenn das Wu Wei war, wollte ich mehr davon haben.

Tja, aber stattdessen gab es jetzt Au wei.

»Wollen wir mal nachsehen, was Opa gebaut hat?«, fragte ich gegen Abend.

»Ja, aber lieber nur von Weitem«, meinte Basti. Wir gingen in seine Küche und beugten uns aus dem Fenster.

»Grglmstpff.« Basti hatte sich vor Schreck verschluckt, als er Opas Bauwerk sah. Ich sagte gar nichts. Mir hatte es komplett die Sprache verschlagen.

In der linken Ecke unseres kleinen Hinterhofs stand ein Holzhaus. Wie hatte Opa das nur so schnell erbaut? Es sah richtig massiv aus. Für eine Hundehütte war es zu groß, für einen Gartenschuppen zu klein. Aber diese Hütte war nicht der Grund für unsere Schockstarre. Da war noch was. Es hoppelte. Doch, wirklich, mitten auf der Wiese bewegten sich zwei Tiere. Sie waren weiß mit schwarzen Punkten, hatten lange Ohren und waren riesig. Ich schüttelte mich, das konnte doch nur eine Sinnestäuschung sein. Aber nein, da unten hoppelten zwei Monsterkarnickel.

Eine Stunde später. Hopp-Plopp. Hopp-Plopp. Hopp-Plopp. Träge hoppelten die beiden Kaninchen in der Abenddämmerung durch unseren Hof. Wobei Kanin*chen* die falsche Bezeichnung für diese Tiere war. Kanin wäre ein treffenderes Wort für diese Tierart. Sie waren wirklich groß.
Die ganze Familie, die mittlerweile zurückgekehrt war, stand fassungslos um die Tiere herum.
»Ich habe sie von einem Kollegen bekommen. Samt Stall.« Opa rieb sich zufrieden die Hände. »Er ist winterfest und mardersicher.«
»Was ist mit meinen Beeten?«, fragte meine Mutter mit gequetschter Stimme. »Diese Viecher werden alles fressen, was ich anpflanze.«
»Ja«, sagte Opa. »Das werden sie. Aber du musst jetzt nichts mehr anpflanzen. Du kannst deine Augen auf ihnen ruhen lassen und siehst etwas, das nichts mit Arbeit, Großstadt oder Haushalt zu tun hat.«
Meine Mutter barg ihr Gesicht in den Händen.
»Und die Schaukel?«, fragte Onkel Marius mit brüchiger Stimme. »Und die Sandkiste?«
Opa schüttelte den Kopf. »Geht nicht. Eine Schaukel könnte sie verletzen, und einen Sandkasten werden sie als Toilette be-

nutzen. Stattdessen bekommen die Kinder von mir Werkzeug und Baumaterialien. Sie können den Kaninchen einen Abenteuerspielplatz bauen, mit Häuschen, Tunneln, Röhren. Die Tiere freuen sich, wenn ihr Gehege jeden Tag anders aussieht.«

»Nach der Terrasse muss ich wohl gar nicht fragen«, knurrte mein Vater.

Opa schüttelte wieder den Kopf. »Sie brauchen die ganze Fläche zum Grasen.« Er drehte sich um und beobachtete die beiden Tiere, die sich um ein Löwenzahnbüschel stritten. »Aber wenn du dich mit einer Decke auf den Rasen setzt, dann kommen sie angehoppelt, und du kannst sie füttern. Die Hasen bieten allen was.«

Lilith räusperte sich. »Ich weiß 'nen Witz.«

Onkel Marius sah sie scharf an. »Nicht jetzt.«

»Doch«, verlangte Leo.

Lilith grinste. »Was ist unsichtbar und riecht nach Hase?«

Leo zuckte mit den Schultern. »Weiß nicht.«

»Ein Hasenfurz.«

Besonders lustig war das wirklich nicht, aber die vier Kinder konnten gar nicht mehr aufhören mit Giggeln, und als ich sah, wie Mika mitlachte, war es auch mit meinem Ernst vorbei. Schließlich lachten alle mit. Zumindest alle unter zwanzig. Die Erwachsenen nicht. Einer nach dem anderen verließ schweigend den Hof.

Wir anderen setzten uns auf den Boden und gaben keinen Muckser von uns. Wir wollten, dass die Hasen angehoppelt kamen, wie Opa es versprochen hatte. Und tatsächlich, eins der Tiere näherte sich vorsichtig mit bebenden Nasenflügeln.

»Tehess?«, fragte Leo. »Duhu? Sind Hasen denn auch schön für wenn man vierzehn ist?«
»Na klar«, sagte ich.
»Tess darf den beiden einen Namen geben«, bestimmte Opa.
»Es sind übrigens zwei Mädchen.«
»Sie sollen Wu und Wei heißen«, sagte ich wie aus der Pistole geschossen. Basti grinste.
Leo nickte ernst. »Wie wuuuschelig und weiiiich. Und mit Nachnamen heißen sie Kaninchen.«
»Nur Kanin«, widersprach ich. »Das Chen brauchen wir nicht.«
Leo nickte wieder.
Wir bestimmten, dass Wu die dickere von den beiden war, die mit vielen Punkten, und Wei die schlankere, weniger gepunktete mit dem herzförmigen Fleck um die Nase. Wu war mutiger, und wenn wir ganz still saßen, kam sie neugierig näher. Wei hielt sich lieber im Hintergrund.
»Wir könnten ihnen Kunststücke beibringen«, schlug Leo vor.
»Ja, das machen wir«, meinte ich. »Aber erst mal müssen wir sie zähmen. Sie kennen uns noch nicht.« Ich pflückte ein Löwenzahnblatt und hielt es Wu hin. Ihre Nasenflügel zitterten und bebten, sie machte sich ganz lang und kam zögernd näher.
Im Obergeschoss ging ein Fenster auf. »Kinder! Hochkommen! Abendessen!« Das war Tante Gwenny, mit schneidender Stimme. Wu zuckte zurück. Schade.
Seufzend erhoben sich die vier Kinder, die Hasen erschraken und rasten in ihren Stall.
»Tja«, sagte Opa mit gerunzelter Stirn, als die vier Kleinen im

Haus waren. »Irgendwie habe ich das Gefühl, dass die Freude über die Hasen sich bei einigen von uns in Grenzen hält.«
»Ach, das kommt noch!« Basti klopfte ihm auf die Schulter. »Die Kids freuen sich doch. Und die Alten brauchen nur noch ein bisschen Zeit.«
»Ich habe mich sehr gefreut«, sagte ich. »Die Hasen sind toll.«
Opa musste noch den geborgten LKW zurückbringen, mit dem er den in grobe Einzelteile zerlegten Stall transportiert hatte. Als Basti das Wort LKW hörte, wurde er ganz zappelig. »Darf ich den fahren?«, fragte er. Opa nickte, die beiden verschwanden, und ich war mit Mika allein.
Wu hoppelte auf mich zu, und ich hielt ihr noch einmal das Blatt hin. Sie reckte sich wieder, bis sie fast doppelt so lang war wie sonst. Dann hatte sie das Blatt erwischt und mümmelte es in sich hinein.
»Ich glaube, diese Hasen können wir leicht zähmen. Zumindest Wu«, sagte ich leise, um sie nicht zu erschrecken.
»Deine Familie ist gut«, sagte Mika.
Ähm, was hatte das denn jetzt damit zu tun? Aber egal, ich lächelte und nickte. »Ein bisschen laut. Ein bisschen chaotisch. Ein bisschen wunderlich.«
»Ja«, sagte er. »Ein bisschen.« Er machte mal wieder eine seiner Mika-Pausen. »Aber sehr, sehr gut.«
Ich streckte meine Beine aus und wackelte mit den Zehen. Diesmal kam Wei näher und schnupperte daran. So ängstlich war sie gar nicht.
»Wie ist deine Familie denn? Autsch.« Wei hatte meinen Zeh angeknabbert, als ob er eine Möhre wäre.

»Still«, sagte Mika. »Höflich. Sie haben sehr viel, wie sagt man? Disziplin.«
»Das ist auch gut. Dann weiß man, woran man ist.«
Er zuckte nur mit den Schultern.
Ich betrachtete die beiden Hasen, die jetzt ein paar Grashalme mümmelten, und wartete, ob er noch etwas sagen würde, aber er schwieg. Sollte ich nachhaken? Nein, lieber nicht. Lieber das Thema wechseln. Wenn er reden wollte, würde er das irgendwann tun.
»Glaubst du, dass wir die Hasen behalten?«, fragte ich.
»Ja«, meinte Mika. »Sie sind für alle richtig. Manche wissen es nur noch nicht.«
Ich legte mich ins weiche Gras und sah in den Himmel.
»Du hast ein Nase wie die Hase«, sagte Mika.
»Das höre ich oft«, sagte ich. »Aber an den Ohren kann man uns ganz gut unterscheiden.«
Er lachte. Seine Augen waren kornblumenblau. »In Finnland gibt es Sportwettbewerbe, da springen Kaninchen über Hindernisse«, sagte er. »Kanihyppi heißt das.«
Ich glaubte ihm nicht, aber er nahm sein Smartphone und zeigte mir Bilder. Laut Internet gab es solche Wettbewerbe sogar bei uns, da heißen sie Kaninhop.
»Zehntausend Stunden, und du bist dabei«, sagte ich zu Wu, aber sie schien nicht interessiert. Sie war da eher so wie ich.
Die Hasen waren wirklich süß. Ich beschloss, alles zu tun, um Opa zu unterstützen und den Familienfrieden wiederherzustellen. Und dafür machte ich sogar einen Plan.

Zehn Dinge, mit denen du das Familienklima verbessern kannst

1. Lerne einen Witz. Oder besser: mehrere.

2. Man sollte immer die Wahrheit sagen. Aber man sollte die Wahrheit nicht immer sagen. Manchmal ist Höflichkeit besser.

3. Sage deine Meinung freundlich, aber deutlich.

4. Wenn du mit jemandem sprichst – lächle. Es steckt an.

5. Wenn dir nicht danach zumute ist, tu's trotzdem. Du wirst messbar glücklicher davon. Sogar, wenn dein Lächeln nur gespielt ist.

6. Sag IMMER Guten Morgen, Hallo und Auf Wiedersehen. (Natürlich nur, wenn's passt, und nicht DAUERND!)

7. Eltern täglich umarmen! Man schüttet bei Umarmungen Kuschelhormone aus, das macht gesund und friedlich. (Alle! Nicht nur Eltern …)

8. Wenn jemand was erzählt, hör zu. Und zwar richtig.

9. Wenn dich jemand ärgert oder kränkt, sag einfach nur: »Das ärgert/kränkt mich.« Dann hast du was gesagt, aber niemanden angegriffen.

10. Man kann die Stimmung nicht immer verbessern. Aber man muss ja zum Glück auch nicht dauernd mit seiner Familie zusammen sein.

15

Als ich am Sonntagmorgen gegen elf die Tür zum Garten öffnete, um nach den Hasen zu sehen, war es draußen ganz still. Ich war daher überrascht, als ich meine drei Cousinen auf dem Rasen entdeckte.
Lilith saß im Schatten der Mauer und zeichnete Baupläne für ein Hasenhaus, das sie aus Holzbrettern bauen wollte. Es sollte sogar eine Veranda bekommen. Lucy und Lotte lagen bäuchlings auf der Wiese und lockten die Hasendamen mit zärtlichen Flüsterstimmen und Karottenstückchen an. Wu und Wei kamen tatsächlich schon viel näher an die beiden heran als gestern.
Aus dem Hasenstall drangen Kratzgeräusche. Das war seltsam, beide Tiere saßen ja vor Lucy und Lotte. Ich schlich mich an, öffnete die große Seitenklappe und entdeckte Leo. Er war durch die Luke gekrochen und baute den Tieren ein weiches Nest aus Heu. So leise hatte ich die vier noch nie erlebt. Opas Hasenplan war eindeutig ein voller Erfolg.
Ich rief Jojo an, und eine halbe Stunde später war sie da. Als sie die beiden Hasen sah, quietschte sie so entzückt, dass Wu und Wei hakenschlagend in ihrem Stall verschwanden. Zum Glück war Leo nicht mehr drin. Ich weiß nicht, wer mehr erschrocken wäre, er oder die Hoppelfrauen.

Jojo war total begeistert von Wu und Wei. Wir holten uns Badetücher, legten uns im Bikini in die Sonne und blätterten in Zeitschriften. Das war meine Art, Opa bei seinem Gartenplan zu unterstützen. Meine Eltern sollten sehen, dass die Tiere auch eine echte Bereicherung für Jugendliche waren. Und das waren sie wirklich. Als ich nach einer Weile schläfrig wurde, mit geschlossenen Augen auf dem Rücken lag und mir die Sonne auf die Nase scheinen ließ, kitzelten mich plötzlich Schnurrbarthaare am Arm. Dann stupste mich eine weiche Nase an. Sommerglück pur.

Irgendwann tauchten Mika und Basti auf, die Lilith helfen wollten, Bretter für das Hasenhaus zu sägen. Mit der Ruhe war es damit zwar vorbei, aber Jojo und ich hatten viel Spaß dabei, die Jungs mit unseren wenig hilfreichen Bemerkungen zu ärgern.

Mika rächte sich, indem er mir Sägemehl auf den Rücken streute.

»Er flirtet wirklich«, flüsterte Jojo mir zu. Dabei hatte Mika ihr gleich danach ebenfalls Holzspäne auf den Kopf gekippt.

Opa kam auch raus und setzte sich mit einer Kaffeetasse in den Schatten. Wir waren wirklich eine Bilderbuch-Familie.

Nur ohne Eltern. Von denen zeigte sich kein einziges Exemplar, vermutlich schmollten sie immer noch, weil sie nicht gefragt worden waren. Aber wir dachten zu diesem Zeitpunkt alle, dass sie sich schon wieder einkriegen würden.

Vielleicht hätten sie das auch geschafft. Aber dann passierte am nächsten Tag die Sache mit den Vasen.

Meine Eltern waren in einem Möbelhaus gewesen, um einen

Teppich fürs Wohnzimmer zu kaufen. Und da hatte meine Mutter sich in zwei riesige Amphoren verliebt, also in getöpferte Mega-Monstervasen, die seitlich zwei Henkel hatten. Sie kaufte sie und erstand dazu auch noch merkwürdiges, strohähnliches Gestrüpp, Schilf oder Gras oder was weiß ich, was das war. Auf jeden Fall waren diese verdorrten Stängel fast so hoch wie ich und passten genau in die Monstervasen, dafür waren sie ja auch gedacht.

Als meine Eltern nach Hause kamen, stellte meine Mutter diese Kunstwerke unten ins Treppenhaus, und zwar neben die Treppe, also seitlich in den Durchgang zum Garten. Da hatten bisher die Fahrräder der Kinder gestanden, und die mussten jetzt leider raus. Meine Mutter schob sie auch prompt in unseren Vorgarten.

Auf einmal sah der Eingangsbereich unseres Hauses ein bisschen aus wie der Eingang zu einem Hotel oder einem Restaurant. Ziemlich gestylt. Ich fand das gar nicht mal schlecht, es passte ganz gut in das alte Treppenhaus und hatte was.

Aber so sah das im Hause nicht jeder. Die Vasen standen gerade mal eine halbe Stunde lang unten im Flur, da klingelte es an unserer Wohnungstür. Aber wie! Dauerton! Als ich öffnete, stand Tante Gwenny vor mir.

»Ist deine Mutter da?«, fragte sie statt einer Begrüßung. Ganz schön unhöflich.

Ich trat wortlos zur Seite, und Tante Gwenny stürmte an mir vorbei.

»Was sind das für Urnen da unten im Flur?«, schnaubte meine Tante, als sie meine Mutter sah.

»Das sind keine Urnen, das sind Amphoren. Sie verdecken die hässlichen Flecken an der Wand, die die Kinder mit ihren Fahrradlenkern gemacht haben. Wir können es uns nicht leisten, schon ein paar Wochen nach dem Umzug gleich wieder die Maler zu holen. Und da dachte ich …«

»Wie kommst du dazu, einfach ohne zu fragen die Fahrräder meiner Kinder in den Vorgarten zu stellen, wo sie geklaut werden können? Und wieso versperrst du den Durchgang unseres Gemeinschaftsflurs eigenmächtig mit hässlichen Henkel-Pötten?«

»Moment mal«, sagte meine Mutter. »Erstens: Die sind nicht hässlich. Die sind geschmackvoll und genau mein Stil, die machen echt was her. Zweitens: Wieso versperren? Man kommt da jetzt viel besser durch als vorher. Es war ja fast unmöglich, an diesen vier Fahrrädern vorbeizulaufen, ohne dass eins umfiel. Drittens: Wie wäre es, wenn du mal danke sagen würdest? Es ist ganz schön nett von mir, dass ich die Kosten dafür voll übernommen habe. Ach ja, und noch was zum Thema eigenmächtig: Habt ihr uns denn gefragt, als ihr die Räder da abgestellt habt? In diesen – wie du so richtig sagst – Gemeinschaftsflur?«

So weit die Standpunkte, und die wurden noch eine ganze Weile lang heiß diskutiert. Aber meine Mutter ließ sich nicht überreden, an ihrer Flurgestaltung etwas zu ändern, und irgendwann rauschte Tante Gwenny wutschnaubend ab.

Auf ihren Gegenschlag mussten wir nicht lange warten: Am nächsten Morgen saß ich beim Frühstück und las Zeitung.

Meine Mutter war schon fertig, sie küsste mich auf die Stirn.

»Tschüss, meine Maus, ich wünsch dir einen wunderschönen Tag.« Sie wollte nämlich einkaufen gehen. Die Wohnungstür fiel hinter ihr ins Schloss, und ich wandte mich wieder der Zeitung zu, als plötzlich ein schriller Schrei die Morgenstille zerriss. Ich erkannte die Stimme meiner Mutter, sprang auf und rannte ins Treppenhaus, wo ich mit Basti zusammenprallte. Wir rasten nebeneinander in großen Sprüngen die Treppe hinab und wären fast in einen der Farbeimer gefallen, die auf dem Absatz vor der Wohnungstür von Tante Gwenny und Onkel Marius standen.
Ein paar Stufen tiefer sah ich meine Mutter stehen. Sie hatte eine Hand auf den Mund gepresst und starrte die Wand neben der Treppe an. Dort prangten die Abdrücke von Kinderhänden, in allen Regenbogenfarben. Ganz unten, am Treppenabsatz, stand Tante Gwenny. »Das ist genau mein Stil«, sagte sie zu meiner Mutter. »Und man sieht nun auch die Flecken nicht mehr, die die Möbelpacker gemacht haben, als sie euer überdimensioniertes Sofa nach oben geschleppt haben.«
Meine Mutter holte tief Luft. Sehr tief. Und dann legte sie los. Schrill wie eine Polizeisirene. Sie hätte jetzt endgültig genug von Leuten, die mehr Kinder hätten, als sie verkraften könnten, schrie sie. Und die dann auch noch glaubten, die Welt würde sich nur noch um sie und um ihren Nachwuchs drehen. Sie würde garantiert nicht in einem Haus leben, das aussehe wie die Villa Kunterbunt. Sie nicht! Und sie hätte keine Lust mehr auf die ewig schlechte Laune meiner Tante. Wenn die ihr Leben nicht geregelt bekäme, sollte sie eben eine Mutter-Kind-Kur machen. Aber sie solle nicht von jedem auf dieser

Welt erwarten, dass er vor Ehrfurcht erblasse, wenn die heilige Gwenny und ihre Kinderschar auftauche.
Ich war starr vor Schreck. Tante Gwenny jedoch war kein bisschen beeindruckt von diesem Wutausbruch. Auch sie polterte jetzt los. Sie habe auch keine Lust mehr, schimpfte sie. Keine Lust auf rücksichtslose Oberlehrer, die sich Pädagogen nennen würden, aber für die wahren Bedürfnisse von Kindern überhaupt kein Gespür hätten. Keine Lust auf Mitbewohner, die sich aufführten wie mäkelige, ältliche, humorlose Haustyrannen und zum Lachen in den Keller gingen. Und keine Lust auf Leute, die glaubten, sie hätten Stil, aber in Wahrheit so viel Geschmack besäßen wie ein Nasenaffe. Nämlich gar keinen.
»Arme Theresa«, schnaubte meine Tante. »Sie hatte nie eine entspannte, fröhliche Kindheit. Kein Wunder, dass sie …«
»Lass meine Tochter mit deiner schlechten Laune in Ruhe!«, donnerte meine Mutter. »Sie kann nichts dafür, dass du mit deinem Leben unzufrieden bist.«
»Ha! Ha! Hahaha!« Tante Gwenny lachte gekünstelt. »Wer ist hier mit seinem Leben unzufrieden? Wer? Guck dich doch mal im Spiegel an. Du hast ja schon ein ganz verbittertes, zerknittertes Gesicht.«
Den Rest wollte ich nicht mehr hören. Ich ging an den beiden Kampfhennen vorbei zu den vier Kleinen, die unten im Flur wie vier Küken bei einem Gewitter neben den Vasen standen. Leo hatte grüne Pfoten, Lilith gelbe, Lucy rote und Lotte blaue. »Kommt, ihr Hasen«, sagte ich. »Ihr nehmt jetzt mal alle die Hände hoch, wie Cowboys bei einem Überfall. Nichts an-

fassen! Und dann gehen wir raus und waschen euch am Gartenschlauch die Pfoten. Danach gucken wir, ob Wu und Wei schon gefrühstückt haben.«

Sie gehorchten mit erschrockenen Gesichtern. Als die vier mit hocherhobenen Händen vor mir in den Garten gingen, müssen wir ausgesehen haben wie Lucky Luke und die vier Daltons bei einer Verhaftung.

Im Garten reinigten wir die Hände und öffneten danach den Hasenkäfig. Aber obwohl Wu und Wei sofort heraushoppelten und sogar Männchen machten, wollte bei den Kindern keine Fröhlichkeit aufkommen. Ihre Gesichter waren blass und angespannt. Ich glaube, sie schämten sich, weil sie die Wand im Treppenhaus bunt verziert hatten. Dafür konnten sie natürlich nichts, denn ihre Mutter hatte es ihnen befohlen. Aber das machte die Sache eher schlimmer. Man findet es als Kind einfach immer schrecklich, wenn Eltern Fehler machen, mir ging es da nicht anders. Mensch, Mama hätte das mit den Vasen und den Fahrrädern wirklich absprechen sollen.

»Jetzt macht mal nicht so ein Gesicht«, sagte ich zu den Mäusen. »Mütter sind auch nur Menschen.«

Lilith seufzte schwer. »Aber wenn *wir* so streiten, schimpft sie uns und sagt: Jeder geht jetzt in sein Zimmer, und dann ist Ruhe.«

»Und dann dürfen wir nicht fernsehen«, piepste Leo.

Im Treppenhaus war es inzwischen wieder still. »Ich glaube, sie sind jetzt auch jede in ihr Zimmer gegangen«, sagte ich. »Bestimmt hilft das bei Müttern auch.«

»Mögen sie sich jetzt nicht mehr?«, fragte Lucy.

»Magst du Lotte denn nicht mehr, wenn du dich mit ihr gestritten hast?«, fragte ich zurück.
»Kurz. Dann will ich sie nicht mal mehr zu meinem Geburtstag einladen.«
»Da kann ich sowieso nicht«, sagte Lotte und streckte ihr die Zunge raus. »Da habe ich selbst Geburtstag.«
»Aber irgendwann mag ich sie jedes Mal wieder.« Lucy bedachte ihre Schwester mit einem kurzen Seitenblick. Als sie sah, wie frech Lotte grinste, ergänzte sie noch. »Aber nur ein bisschen.«
»Ich glaube, bei unseren Müttern ist es genauso«, sagte ich. »Sie sind Schwestern, manchmal streiten sie eben und finden sich grässlich, und später mögen sie sich wieder.«
»Aber sie sind doch groß«, sagte Leo.
Ich zuckte mit den Schultern. »Das haben sie anscheinend gerade vergessen. Aber das fällt ihnen bald wieder ein.«
Die Kinder sahen jetzt schon ein bisschen fröhlicher aus und machten sich auf die Suche nach Löwenzahnblättern für die Karnickel.
Ich setzte mich auf die Wiese und dachte über die ganze Sache nach. Vielleicht hatten meine Mutter und Tante Gwenny dieses Familienhaus unterschätzt. Sie waren erwachsen, aber plötzlich lebten sie wieder so ähnlich wie früher, als sie Kinder waren, also mit ihrem Vater und ihrer Schwester auf engem Raum zusammen. Und automatisch benahmen sie sich wieder wie damals. Die Schwestern stritten sich, und Opa machte einfach, was er wollte, ohne seine Kinder zu fragen, so wie man das als Vater eben tut. Die mussten jetzt wohl alle drei kapieren,

dass das so nicht lief. Aber ich schob diesen Gedanken weg. Das war wirklich nicht meine Sorge, das mussten sie alleine regeln.
Ich hatte mein eigenes Problem. Es hatte eisblaue Augen, ein umwerfendes Lächeln und war verschlossener als das Hochsicherheitsgefängnis Alcatraz. Dieses »Problem« beherrschte meine Gedanken, aber ich kam da nicht weiter. Seit Neuestem verschwand es nämlich täglich stundenlang in Bastis Bude, wo es E-Gitarre spielte, was es – zum Leidwesen der ganzen Familie – kein bisschen konnte. Zumindest in puncto Lärm hatte Mika sich in der Familie Walter wirklich gut eingelebt.
Die Kinder hatten sich jetzt den Beutel mit dem Hasenfutter aus dem Stall geholt und sortierten die Körnchen nach Farbe. Sie wollten herausfinden, welche Sorte Wu und Wei am besten schmeckte. Den Streit der Mütter hatten sie darüber ganz vergessen. Ich beobachtete sie und fragte mich, was ich den ganzen Tag lang tun sollte. Natürlich hätte ich zu Frau Wunderlich gehen können, aber wirklich gebraucht wurde ich da nicht mehr. Mit Jojo konnte ich mich auch nicht treffen, sie packte Koffer, denn morgen musste sie mit ihrer Familie ein paar Tage nach Paris fahren. Okay, sie musste das nicht nur, sie wollte es auch, sie freute sich sehr darauf. Nur – ich freute mich nicht.
Tolle Ferien, dachte ich, alle streiten, keiner ist da, mit dem ich was machen kann, Mika kümmert sich vor allem um die E-Gitarre, und zu Hause bleiben geht nicht, weil da dauernd dieser Krach ist, den Mika und Basti Musik nennen. Ich überlegte, ob ich hier unten im Garten mal wieder ein paar Briefe schreiben sollte, aber ich hatte überhaupt keine Lust dazu. Diese Briefe

veränderten doch sowieso nichts. Die las wahrscheinlich nicht mal jemand, die meisten landeten wohl einfach im Papierkorb. Und wenn dann doch mal eine Antwort kam, war sie total nichtssagend. Vermutlich tat ich mehr für eine bessere Welt, wenn ich keine Briefe schrieb, denn dann mussten wenigstens keine unschuldigen Bäume für dieses Papier sinnlos ihr Leben opfern.
Ja, ich war mies drauf an diesem Tag. Und ich schaffte es auch nicht, meine Laune zu verbessern. Ich aß Unmengen von Eis, guckte blöde Katzenfilme auf YouTube, lackierte meine Zehennägel neu, vertrieb mir die Zeit mit Zeichentrickserien, die mich überhaupt nicht interessierten, schnippelte an meinen Haarspitzen rum, weil sie ausgefranst waren, fand das Ergebnis nicht überzeugend und hatte noch schlechtere Laune. Und das würde jetzt noch Wochen so weitergehen. Oh Mann!

Abends lag ich auf meinem Bett und blätterte missmutig in dem Katalog mit den Jugendreisen. Pfff, dachte ich, das wäre mein Preis gewesen, wenn ich damals im Mai den Kampf mit meinen Eltern gewonnen hätte, aber ich hatte ihn verloren. Ich könnte jetzt am Strand liegen und mir von braun gebrannten Jungs den Rücken eincremen lassen. Tja, und wenn aus der Sache mit Mika und mir was geworden wäre, dann könnte ich jetzt mit ihm im Freibad liegen. Vielleicht würde er noch mal anbieten, meinen Rücken einzucremen, dann würde ich bestimmt nicht Nein sagen. Aber irgendwie hatte ich das vergeigt. Ich war mir echt nicht sicher, ob er überhaupt je wirklich mit mir geflirtet hatte, aber eins wusste ich genau: Jetzt tat er

es nicht mehr. Und statt herauszufinden, wer ich selbst war und wer zu mir passte, saß ich allein in meinem Zimmer und bekam bestimmt bald Pickel vor lauter Langeweile.
In diesem Moment hörte ich Schritte auf der Treppe und setzte mich auf. Mika. Büxte der etwa schon wieder aus? Ich sprang aus dem Bett. Diesmal würde er mir nicht entkommen, heute Nacht würde ich mich an seine Fersen heften wie Kaugummi an einen Schuhabsatz. Und wenn er mich entdeckte, war es mir auch egal. Zum Glück trug ich Shorts und T-Shirt. Ich griff meine Sandalen, für den Fall, dass er in die Stadt gehen würde, zog sie aber im Haus lieber nicht an. Barfuß tappte ich durch die Dunkelheit, schlich die Treppe hinunter und folgte Mika ins Treppenhaus. Er machte kein Licht, aber er bemühte sich auch nicht, leise zu sein.
Jetzt war er unten und blieb stehen. Au weia. Ich hörte ein leises Quietschen, das musste der Drehknopf von Frau Wunderlichs Schlüsselversteck sein. Es war also tatsächlich Mika gewesen, der neulich die Kugel nicht wieder festgedreht hatte. Was wollte er im Laden? Doch hoffentlich nichts klauen?
Was tun? Sollte ich jemandem Bescheid sagen? Meinen Eltern? Basti? Opa? Mika war längst im Laden verschwunden. Ich setzte mich auf die Treppe und suchte verzweifelt nach einer Lösung.
Plötzlich hörte ich einen Ton. Jemand schlug vorsichtig eine Klaviertaste an. Dann folgte ein ganzer Akkord. Ich hielt den Atem an. Eine Tonleiter perlte durch die Dunkelheit, die ganze Klaviatur rauf und wieder runter. Und dann spielte Mika ein Lied. Aber nicht *Für Elise* oder *Der Entertainer*, wie das die

Klavierspieler aus unserer Klasse immer tun, wenn der Musiklehrer den Raum verlässt. Mikas Lied klang, als wären die Töne aus Tautropfen und Schmetterlingen gemacht. Und es waren unglaublich viele Töne, die er anschlug. Woher hatte er so viele Finger? Ich war wie verzaubert und merkte gar nicht mehr, dass ich in einem dunklen Treppenhaus auf Holzstufen saß. In Gedanken schwebte ich geradewegs durch eine Glitzerwelt.
Mika spielte und spielte. Irgendwann merkte ich, dass mir im Treppenhaus kalt wurde. Als die Musik an einer sehr dramatischen Stelle laut wurde, nahm ich daher all meinen Mut zusammen, erhob mich und huschte in den Laden. Durch die großen Schaufenster fiel das Licht der Straßenlaternen in den Raum. Ich setzte mich so leise wie möglich in einen samtigen Ohrensessel und kuschelte mich in den Schatten seiner Lehne. Mika spielte weiter, er hatte nichts gemerkt. Von mir aus hätte er ewig spielen können. Doch irgendwann ließ er die Hände sinken und lauschte dem letzten Ton nach, der leise verklang.
»Und jetzt?«, fragte er mit rauer Stimme. Ich erschrak. Ich war so sicher gewesen, dass er mich nicht bemerkt hatte. So kann man sich irren.
Tja, und jetzt? Gute Frage. Mit vor Schreck immer noch zittriger Stimme schlug ich vor, was an diesem Tag schon einmal funktioniert hatte. »Jetzt gehen wir zu den Hasen.«
»Sie schlafen.« Mika hatte sich immer noch nicht zu mir umgedreht.
»Umso besser. Dann können wir offen reden.«
Jetzt wandte er sich mir zu, und ich sah im Licht der Straßenlaternen, dass er lächelte.

Im Garten war es dunkel, aber noch angenehm warm. Wir setzten uns in der hintersten Ecke auf die Wiese und lehnten uns gegen die moosige Mauer. Hier konnte uns vom Haus aus keiner sehen oder hören.

»Du spielst gut«, sagte ich.

Mika sagte nichts – natürlich nicht.

»Neulich nachts habe ich dich gar nicht gehört. Dabei warst du da auch schon unten, oder?«

»Ja. Aber ich habe nicht gespielt«, sagte er leise.

»Warum?«

»Weil du mich gehört hättest.«

»Aber heute hast du gespielt? Obwohl ich dich hören konnte?«

Er nickte. »Damit du mich hörst.«

Logisch war das aber nicht. So langsam schuldete er mir eine Erklärung, fand ich. Doch die kam nicht, und das machte mich sauer. Es war so mühsam, immer alles aus ihm herauszukitzeln. Wenn er mir etwas sagen wollte, warum tat er das dann nicht einfach? Trotzig verschränkte ich die Arme vor der Brust.

Obwohl Mika meinen Gesichtsausdruck nicht sehen konnte, musste er meine Stimmung gespürt haben. »Nicht sauer sein«, sagte er. »Es tut mir leid, aber …« Er zögerte, als würde er nach den richtigen Worten suchen, dann sprach er weiter. »Das ist für mich nicht einfach. Weißt du, ich wollte dir alles sagen, und gleichzeitig wollte ich es nicht.«

Ich sah sein Profil wie einen Schattenriss in der Dunkelheit. Er rieb sich mit beiden Händen das Gesicht und raufte sich dann wütend die Haare. Diese Geste wirkte, als wäre er echt fertig. Aber warum nur? Ich konnte es einfach nicht begreifen, und er würde es mir ganz offensichtlich auch jetzt nicht erklären. Das machte mich noch wütender. Ich holte tief Luft und sprach einfach aus, was mir durch den Kopf schoss. »Alles sagen? Ey, du kannst Klavier spielen. Supergut Klavier spielen sogar. Aber das kann man doch echt nicht als schweres Schicksal bezeichnen. Du tust ja fast, als bräuchtest du deswegen psychologische Betreuung. Warum machst du nur so ein Drama daraus? Wenn du nicht spielen willst, dann lass es doch einfach.«

»Du verstehst nicht ...«, sagte Mika.

»Stimmt. Ich verstehe dich nicht«, unterbrach ich ihn. Viel hätte er jetzt garantiert sowieso nicht mehr gesagt. »Wie auch? Du erklärst mir ja nichts. Du kommst nach Deutschland, weil es dir zu Hause nicht gut geht, und hüllst dich dann über die wahren Gründe in tiefstes Schweigen. Okay, das kann man so machen, aber dann versteht einen eben keiner. Und eines nachts offenbarst du mir plötzlich dein megagroßes Geheimnis, und es lautet: Du kannst Klavier spielen. Aber nach allem, was ich über das Leben weiß, lernt man Klavier spielen absichtlich. Es kommt nicht einfach über einen wie eine Krankheit. Ich verstehe dein Problem wirklich nicht.«

Eine Weile war es ganz still. Dann räusperte Mika sich. »Du solltest mich mal googeln«, sagte er und klang dabei, als würde er schon jetzt jedes dieser fünf Wörter bereuen.

»Googeln?«, fragte ich, weil ich dachte, dass ich mich verhört hatte.

Er schwieg mal wieder. Also zog ich mein Smartphone aus der Tasche und gab seinen Namen ein. Mika Korhonen. Und da war er, auf vielen Bildern, aber irgendwie sah er fremd aus, vielleicht, weil er auf fast jedem ein schneeweißes Hemd und einen schwarzen Blazer trug. Und da waren auch ganz viele Internet-Seiten, die über ihn berichteten. Nur leider verstand ich kein Wort. Was da stand, war alles auf Finnisch. Ich versuchte es noch einmal mit »Mika Korhonen Finnland Klavier«. Und tatsächlich, jetzt erschienen sogar deutsche Seiten. Huch? Was stand da? Wunderkind? Überflieger? Mega-Talent? Genie? Uff, Mika war in Finnland ganz offensichtlich ein Star, und als ich eine Seite anklickte, las ich, dass er so langsam auch bei uns berühmt wurde.

»Und?«, fragte er in die Dunkelheit. »Versteht du mich jetzt besser?«

»Glaub schon«, sagte ich und schob mein Handy wieder in die Hosentasche. Ich konnte mir gut vorstellen, dass es nicht leicht war, ein Star zu sein. Ich hatte oft gelesen, dass dieser ganze Rummel, den Normalmenschen sich in ihren schönsten Träumen ersehnen, in Wahrheit richtig schrecklich sein kann. Und ich konnte sogar verstehen, dass er mir das nicht erzählt hatte, sondern den Vorschlag mit dem Internet gemacht hatte. Man kann ja nicht gut über sich selbst sagen: Hey, ich bin ein Genie. Plötzlich schämte ich mich für meinen Wutausbruch, und ich wollte Mika helfen. Aber um das zu schaffen, musste ich ihn jetzt wirklich mal zum Reden bringen. »Die zehntausend Stunden am Klavier hast du also schon hinter dir, oder?«, fragte ich wie nebenbei, um die Gesprächsstimmung ein bisschen zu entkrampfen.

Er schnaubte. »Locker.«

»Und du sprichst nicht gern darüber.«

»Hmm.«
»Warum nicht?«
Er holte tief Luft. Und dann atmete er aus und schwieg doch wieder. Oh nein, so nicht! Ich kickte mit meinem Fuß an seinen, und er holte noch einmal Luft. »In Finnland, ich bin ein Klavierspieler«, sagte er. »Nur ein Klavierspieler. Ich übe, übe, übe. Und wenn ich nicht übe, habe ich Unterricht. Klavier, Klavier, Klavier. Sogar in unserem Mökki steht eins. Und wenn ich mit jemandem spreche, meinen Eltern, Freunden, dann reden wir über …« Er machte eine Pause.
»… Klavier spielen?«
»Genau.«
»Und du bist in Deutschland, weil du mal über was anderes reden willst?«
»Nicht nur reden. Ich will etwas anderes tun. Ich will ein Leben ohne Klavier. Ich will das ausprobieren. Und wenn es besser ist als ein Leben mit Klavier – dann mache ich das. Wie hast du gesagt, als wir im Freibad waren? Du willst wissen, wer du bist? Ich auch.«
Das konnte ich gut verstehen.
»Aber warum hast du mir das nicht gesagt? Darüber hätten wir doch reden können.«
»Reden, reden, reden, immer reden.« Ich spürte, wie er mit seinen Händen wild gestikulierte, als er weitersprach. »Wir hätten wieder über Klavier spielen geredet. Aber ich will nicht reden. Nicht, nicht, nicht. Ich will andere Dinge *tun*.« Jetzt klang er fast sauer.
»Was denn?«, fragte ich.

Plötzlich saß Mika ganz still. Aber nur einen kurzen Moment lang. Dann merkte ich, wie er sich vorbeugte.
Himmel, was tat er da? Er legte doch tatsächlich seinen Arm um meine Schulter. Und dann spürte ich seine andere Hand, sie lag auf meiner. Er zog mich zu sich. Sein Gesicht war auf einmal ganz nah. Ich spürte seinen Atem und roch den Sommerduft seiner Haut.
»Tess«, flüsterte er. Mir wurde schwindelig.
Und dann waren da seine Lippen. Auf meinen. Ganz leicht spürte ich sie, als wollte Mika ausprobieren, ob sie da hingehörten. Und das taten sie. Eindeutig. Wir fühlten es beide. Mika küsste mich. Ich küsste ihn. Reden war uns egal. Und alle Klaviere dieser Welt waren uns sowieso egal. Genau genommen war uns sogar die ganze Welt egal. Nur Mika und ich waren wichtig. Wir küssten uns, als wüssten wir plötzlich beide, wer wir waren. Und so war es auch.

Leider waren wir der Welt nicht egal. Zumindest meinen Eltern nicht.
Sie hatten gemerkt, dass wir beide verschwunden waren. Okay, das war vielleicht wirklich ein Grund zur Sorge. Ich kann sogar verstehen, dass sie uns gesucht haben. Aber als sie dann die Tür zum Garten aufrissen, sodass ein heller Lichtstrahl auf uns fiel, warum zogen sie sich da nicht zurück? Sie mussten doch gemerkt haben, dass sie störten. Und warum sagte meine Mutter dann auch noch einen so komplett bescheuerten Satz?
»Na, ihr beide, wollt ihr nicht langsam mal wieder hochkommen?«

Gaaah! Nein, das wollten wir NICHT! Und obwohl wir das eindeutig zeigten, blieben meine Eltern einfach da stehen. Wortlos. Fast anklagend. So lange, bis Mika sich aufrappelte, irgendwas von einem Spaziergang murmelte, an ihnen vorbeistürmte und mich dort mit ihnen allein ließ. Allein mit Eltern, die mal wieder Geieraugen hatten und eine gerunzelte Stirn.
Ich nahm ihm das nicht übel. Es war das Einzige, was er in dieser Situation tun konnte. Es waren ja schließlich nicht seine Eltern. Er war hier nur Gast, er konnte jetzt nicht gut sagen, was er dachte, und er musste wohl ganz schnell weg, damit ihm das nicht rausrutschte. Aber meinen Eltern nahm ich diese oberpeinliche Störung richtig übel. Und mit seinem Abgang gab Mika mir die Gelegenheit, ihnen jetzt und hier ohne Zeugen alles zu sagen, was mir in diesem Moment durch den Kopf schoss.
»Was ist los?«, fragte ich die beiden mit eiskalter Stimme. Ich spürte in diesem Moment schmerzhaft, wie sehr ich Mika vermisste. »Bin ich wieder wunderlich? Habe ich Marotten? Bin ich schlecht erzogen? Meinem Alter voraus? Hinterher? Na? Was passt euch diesmal nicht?«
»Theresa, also wirklich, ich finde nicht, dass du jetzt auch noch …«
Ich unterbrach meine Mutter. »Ihr habt mir alles vermasselt. Dann habt jetzt verdammt noch mal wenigstens den Anstand, nicht auch noch alles zu zerreden. Wann kapiert ihr es endlich? Ich bin eure Tochter, ja! Aber ich bin nicht euer Produkt. Ich bin nicht das Ausstellungsstück eurer Pädagogikwerkstatt. Ich gehöre euch nicht. In drei Wochen bin ich fünfzehn. In drei

Jahren bin ich achtzehn. Wann verdammt noch mal bringt ihr mir endlich mal sowas wie Respekt entgegen?«

»Respekt?«, fragte mein Vater irritiert. Klar, dass er damit nichts anfangen konnte. Er hielt sich selbst für eine Respektsperson, aber mich doch nicht. Ich sprang auf und stürmte an ihnen vorbei nach draußen, denn ich wollte Mika suchen.

Doch ich fand ihn nicht. Ich irrte durch die dunklen Straßen und war so sauer, dass ich weinte. Aber er war nirgends. Irgendwann kehrte ich allein zu unserem Haus zurück.

In Bastis Wohnung hörte ich den Klang von zwei Gitarren, leiser als sonst, es war ja schon spät. Also war Mika zu ihm gegangen? Wahrscheinlich. Aber da wollte ich jetzt nicht rein. Einem Gespräch fühlte ich mich nicht gewachsen, schon gar nicht, wenn Basti dabei war. Ich wusste ja überhaupt nicht, was dieser Kuss Mika bedeutet hatte. Und verwirrt wie ich war, wollte ich es heute lieber nicht mehr herausfinden. Also kroch ich in mein Bett und dachte darüber nach, ob das jetzt eigentlich ein schönes Erlebnis gewesen war oder ein schlimmes. Mika und ich, wir hatten uns geküsst, und es hatte sich angefühlt, als sei alles daran richtig und schön. Und dann waren da meine Eltern gewesen und hatten mich angesehen wie – ja, ich weiß nicht genau, wie. Komplett entgeistert traf es ganz gut. Sie hatten nicht begriffen, dass sie in diesem Moment im Garten nichts zu suchen hatten. Und damit hatten sie diesen warmen, weichen, dunklen Kuss in etwas Hässliches, Grelles, Eiskaltes verwandelt. Wer gab ihnen das Recht dazu? Das war doch MEIN Leben. Irgendwann schlief ich vor Erschöpfung ein.

Erfindungen, die die Welt unbedingt noch braucht:

Eine Fernbedienung, mit der man Eltern wegzappen kann. Oder mit der man ihnen wenigstens den Ton abstellen kann.

Oder noch besser: einen Maus-Cursor, mit dem man im echten Leben Leute am Schlafittchen packen und vom Bildschirm ziehen kann.

Eine Taste, mit der man sein Leben vor- und zurückspulen kann.

Eine Zeitlupenfunktion für Küsse und romantische Momente.

Eine Löschtaste für Sachen, die man lieber nicht gesagt hätte.

16

Am nächsten Morgen wollte meine Mutter beim Frühstück ein Gespräch mit mir führen. »Hör mal, Tess«, sagte sie.
Aber ich hörte nicht. Ich war sauer. Ich wollte mein Müsli essen, am liebsten allein, und dann in den Laden fliehen. Aber meine Eltern hatten sich einfach zu mir an den Frühstückstisch gesetzt.
Nun übte ich mich in Wolfstaktik. Statt meiner Mutter zu antworten, dachte ich an Mika. Was war das gestern für ein Kuss gewesen? Ein »Ich-will-malwas-anderes-tun-als-Klavierspielen-Kuss«? Oder ein »Ich-will-dich-einfach-mal-küssen-um-zu-wissen-wie-es-ist-dich-zu-küssen-und-dann-sehen-wir-weiter-Kuss«? Oder ein »Ich-will-mit-dir-zusammen-sein-Kuss«? Und – wie konnten wir das jetzt klären? Sowas kann man jemanden ja nicht einfach fragen, oder? Ich war komplett verunsichert. Was macht man in so einer Situation?
Ich hatte Mika seit dem Kuss nicht mehr gesehen. Er hatte sich in Bastis Höhle verkrochen, und ich hatte nicht mehr mitbekommen, wann und ob er zu uns rübergekommen war. Wahrscheinlich wollte er meine Eltern nicht treffen. Oder wollte er mir aus dem Weg gehen? Bereute er das mit dem Kuss? Was für eine verfahrene Situation.

Ich hätte jetzt gern mit Jojo geredet, aber die saß mit ihren Eltern im Auto und fuhr nach Paris. Also musste ich das selbst regeln. Oh Mann, wenn man in diesem Haus nur einmal in Ruhe nachdenken könnte!

Meine Mutter versuchte es schon wieder. »Tess, hör doch mal! Was hältst du von ein bisschen Urlaub? Du hast doch noch zwei Wochen Ferien, und du langweilst dich hier, da könntest du doch eine Jugendreise machen. Sieh mal, in deinem Zimmer habe ich diesen Prospekt gefunden. Da wolltest du doch mal hin, oder?« Ach, in meinem Zimmer war sie also auch gewesen? Ich sagte nichts, aber ich kochte.

»Guck mal, da gibt es noch Last-Minute-Plätze in Spanien, ich habe im Internet nachgesehen. Du würdest hinfliegen und in einem Zeltlager am Strand wohnen.« Sie sah auf und bemerkte meinen Gesichtsausdruck. »Hmm, du bist doch fast fünfzehn und reif für dein Alter. Warum also nicht? Aber du musst natürlich nicht alleine fahren, wenn dir das keinen Spaß macht. Vielleicht wäre das ja auch was für Jojo? Oder ist die lange weg?«

Moment mal, dachte ich. Kann ich das bitte zurückspulen und noch einmal langsamer hören? Will die jetzt wirklich, dass ich nach Spanien fahre? Bloß weil ich Mika geküsst habe? Das kann ja wohl nicht wahr sein.

Ich starrte sie an. »Mama, lass bitte das Drumherum weg und sag mir, worum es hier wirklich geht.«

Sie sah meinen Vater hilfesuchend an. »Wir dachten nur … Und außerdem … Ach, ich weiß nicht, ob der Moment günstig ist …«

Ich stöhnte auf und stützte meinen Kopf in die Hände. »Oh, Leute! Keine Spielchen bitte! Was ist los?«
Ich wollte nicht mehr rumlavieren und tricksen und schauspielern, um ans Ziel zu kommen. Ich wollte endlich mal ernst genommen werden.
Mein Vater räusperte sich und warf meiner Mutter einen raschen Blick zu. Dann legte er die Fingerspitzen aneinander und sagte: »Nun.« Er straffte den Rücken. »Deine Mutter und ich, wir würden gern selbst ein paar Tage verreisen.«
»Aha.« Das wurde ja interessant. »Und wo wollt ihr hin?«
»Nach London.«
Ich zuckte mit den Schultern. »Okay. Wo ist das Problem? Dann fahrt doch. Ich habe hier im Haus Gesellschaft genug, ich komm schon klar. Ich will jetzt nicht verreisen, ich will mich hier einleben. So war's von euch doch beschlossen, oder?«
In Wahrheit fand ich den Gedanken, mit Mika hierzubleiben, ausgesprochen interessant.
Aber meine Eltern waren natürlich nicht doof, und sie hatten noch etwas im Hut, das sie jetzt hervorzauberten. »Du solltest dich vielleicht hier im Haus gar nicht allzu intensiv einleben«, begann meine Mutter.
»Was? Wieso?«
»Theresa«, sagte mein Vater. »Dir ist ja sicher nicht entgangen, dass unser Zusammenleben in diesem Haus nicht besonders harmonisch verläuft. Alles ist ein bisschen … schwierig.«
»Ihr wollt ausziehen?«
»Nein, natürlich nicht«, sagte mein Vater. »Man wechselt seine Wohnung ja nicht wie seine Unterwäsche. Aber wie du weißt,

denken wir schon lange darüber nach, für ein Jahr ins Ausland zu gehen und dort zu unterrichten.«
Ich sollte das gewusst haben? Das hörte ich gerade zum ersten Mal.
Jetzt übernahm meine Mutter das Wort. »Und wir dachten, dass jetzt eigentlich der ideale Moment dafür wäre. Wir haben Kontakte nach London, das könnte klappen. Und London wäre ja auch für dich optimal. Du könntest Auslandserfahrungen sammeln und dein Englisch verbessern, vorm Abi wäre das sinnvoll. Und du könntest neue Freunde finden. Vielleicht könntest du später sogar mal in England studieren.«
»Und da wollt ihr jetzt hinfahren und euch das ansehen.«
Sie nickten.
»Und ich soll nach Spanien.«
Sie nickten wieder. »Wir stecken in unseren Überlegungen noch zu sehr am Anfang, um dich schon mitzunehmen. Nachher klappt das alles doch nicht, und du stellst dich innerlich schon darauf ein.«
»Was ist mit Mika?«, fragte ich.
Meine Mutter starrte das Tischtuch an, als gäbe es da etwas Interessantes zu sehen. »Du solltest dich nicht allzu sehr, wie soll ich sagen, nicht allzu sehr auf ihn einlassen.«
Bitte? Bestimmte sie jetzt neuerdings auch noch, in wen ich mich wie sehr verlieben sollte???
Sie tippte mit ihrem Finger auf dem Teller Brotkrümel auf. »Mika muss sowieso nach Finnland zurück. Seine Mutter hat angerufen. Ich weiß nicht, ob du es weißt, aber er ist ziemlich gut im Klavier spielen, und da ist ein Wettbewerb, der über

seine Zukunft bestimmt, an dem muss er teilnehmen. Wenn er gewinnt, kann er jetzt schon Musik studieren. Sein Flug ist bereits gebucht. Hat er dir das nicht gesagt?«

Sie sprach weiter, aber ihre Stimme wurde ganz leise in meinem Ohr. Nein, das hatte Mika mir nicht gesagt.

Nur mühsam verstand ich, was sie noch sagte: »Oh, Tess, das tut mir leid. Ich dachte, du hättest das gewusst. Weißt du, das gestern, das war wohl seine Art, sich von dir zu verabschieden. Ich bin sicher, dass er dich mag, aber er kann eben leider nicht bleiben, so ist das nun mal. Theresa? Hallo? Schatz, nimm das doch bitte nicht so schwer, du kennst ihn doch kaum.«

Mir war plötzlich schwindelig, und ich wollte die Stimme meiner Mutter nicht mehr hören. Ich ertrug sie nicht mehr. Jetzt musste ich nachdenken, und zwar ganz schnell. Abschied? Mika? Damit hatte ich echt nicht gerechnet. Was für ein Schock! Und was hatte sie noch gesagt? Ich kannte ihn kaum? Ja, okay, irgendwie stimmte das. Aber irgendwie auch nicht. Klar, ich wusste nicht viel über ihn, weil er mir kaum etwas über sich erzählt hatte. Aber ich hatte ihn geküsst und er mich, und dabei hatte ich ganz viel über ihn erfahren. Dass er sanft war. Vorsichtig. Liebevoll. Klar, Mika war kein Mann großer Worte. Und ein einziger Kuss war echt noch keine Liebeserklärung. Aber ich war sicher, dass Mika niemals einfach so gehen würde, ohne mir das zu sagen. »Er wird nicht teilnehmen«, sagte ich, »ich weiß es genau.«

Mein Vater sah mich mitfühlend an. Bäh. Das sollte er jetzt bitte schön lassen, denn sofort kamen in mir Zweifel hoch. Vielleicht wollte Mika mir ja gestern noch von seiner Abreise erzählen, vielleicht war er von meinen Eltern dabei gestört worden.

»Theresa, wenn du Mika wirklich magst, solltest du ihn auf seinem Weg unterstützen.«

»Papa«, sagte ich und sah ihn ganz offen und hart an. »Wenn du mich wirklich magst, solltest du mich auf meinem Weg unterstützen. Hör endlich auf, mich auf deinen zu schubsen.«

»Theresa, Mika ist gerade mal sechzehn, und er wird tun, was seine Eltern sagen.«

Ach? Wird er das?

»Wenn du dich da mal nicht irrst«, sagte ich ganz ruhig.

»Das reicht jetzt. Geh bitte auf dein Zimmer.« Die Stimme meines Vaters klang scharf.

»Aber …«

»Sofort!«

Ich erhob mich und ging. Und ich schloss meine Zimmertür ganz leise hinter mir. Aber sehr energisch.

Ich war nicht mal sauer. Als ich mich in meinem Zimmer auf mein Bett warf, fühlte ich echt keine Wut. Ich war ratlos. Kraftlos. Müde. Das traf es eher.

Ich kam mir vor wie ein Pferd in der Pferderennbahn. Die werden da ja vor dem Startschuss immer in eine enge Startbox eingesperrt. Irgendwann ertönt dann das Signal, die Tür geht auf, und sie müssen losrennen.

Eingesperrt wie in so einer Box, ja, so fühlte ich mich, und irgendwann würden meine Eltern bestimmen, wann die Tür aufging und in welche Richtung ich rennen sollte in meinem

Leben. Aber ich wollte nicht mehr rennen. Ich wollte mich am liebsten in dieser Box auf den Boden legen und sagen: Macht euern Scheiß doch allein.

Mein Blick fiel auf das Glasfläschchen, das Frau Wunderlich mir gegeben hatte. Es stand auf dem Fensterbrett und schillerte im Sonnenlicht. Irgendwie tröstete mich dieser Anblick. Es war so sorgfältig geschliffen und so liebevoll gemacht. Und es glitzerte, als hätte es die Sonne geradewegs eingefangen.

Fest stand: Mir ging es schlecht. Richtig schlecht. Ich war komplett überfordert mit der ganzen Situation. Es konnte doch nicht in Ordnung sein, dass ich überhaupt nichts selbst entscheiden durfte, nicht mal Dinge, die nur mich etwas angingen. Nicht mal, wo ich sein und wen ich küssen wollte.

Und jetzt? Was tun? In die Box legen und gar nichts mehr tun? Auf ein besseres Leben warten? Wu wei?

Oder stattdessen zehntausend Stunden daran arbeiten, dass ich irgendwann mal irgendetwas selbst bestimmen durfte? Also quasi die Gitterstäbe meiner Startbox langsam und mühsam durchnagen?

Nein, abwarten war keine Lösung. Und zehntausend Stunden, sorry, das war mir zu viel. Ich wollte mein Leben. Jetzt. Und ich wollte Glitzer drauf.

Und dann wusste ich, was ich tun musste: erst mal mit Mika reden, so schwer das auch war. Ich musste wissen, woran ich war und ob ich allein in der Startbox stand, oder ob er sich ähnlich fühlte.

Und wenn das geklärt war, würde ich eine Entscheidung treffen. Die Lösung war eigentlich ganz einfach, und doch unglaublich schwer.

Wenig später öffnete ich die Tür zu Mikas Zimmer. Als sich meine Augen an das Dämmerlicht gewöhnt hatten, sah ich ihn in seinem Bett. Er lag auf dem Rücken und schlief. Seine Decke war zu Boden gerutscht, und bis auf seine Shorts hatte er nichts an. Von der vielen Gartenarbeit war seine Haut sonnengebräunt. Er sah so friedlich aus, dass ich zögerte, ihn zu wecken. Sollte ich nicht besser warten, bis er von selbst aufwachte? Wenn Mika schon tagsüber so einsilbig war, dann würde er doch garantiert kurz nach dem Aufwachen kein einziges Wort herausbringen.

Du bist ein Feigling, Tess, schimpfte ich in Gedanken mit mir, denn natürlich wusste ich selbst, dass es in diesem Moment überhaupt nicht darauf ankam, ob Mika etwas sagen würde. Ich war dran, ich musste jetzt reden. Aber ausgerechnet ich, die ich Mika immer insgeheim vorwarf, zu wenig zu sagen, traute mich jetzt nicht, ihn anzusprechen. Weil ich beim besten Willen nicht wusste, was ich sagen sollte. »Hey, Mika, dieser Kuss gestern, wie hattest du den eigentlich gemeint? Ach ja, und noch was: Fliegst du wirklich nach Finnland und machst Karriere, sodass ich dich nie wiedersehe?« Das ging ja wohl gar nicht! Aber es war genau das, was ich wissen wollte. Wissen musste. Also los. Augen zu und durch! Ich holte tief Luft, öffnete den Mund und … schloss ihn wieder und atmete aus. Ich schaffte das einfach nicht. Was sollte ich denn tun, wenn er zum Beispiel sagte: »Ja, dieser Kuss gestern, das war eben einfach ein

Kuss, sonst nichts, den sollte man nicht überbewerten. Und natürlich fliege ich in ein paar Tagen nach Finnland, ist doch klar, schließlich geht's um meine Zukunft, warum die Frage?« Wie sollte ich denn dann gucken? Und wie das Gespräch beenden? Einfach sagen: »Ach so, ja, dann tschüss?« Oder in Tränen ausbrechen? Beides war keine angenehme Vorstellung.
Nein, so ging das nicht. Nur wie dann? Irgendwie indirekt fragen? Vorsichtig näherte ich mich Mikas Bett. Sein Oberkörper hob und senkte sich sanft, er schlief ganz ruhig. Sollte ich ihm vielleicht einfach einen Brief schreiben, den ich dann auf den Nachttisch legen konnte? Eigentlich keine schlechte Idee, danach wäre dann nämlich er dran. Leise ging ich drei Schritte rückwärts.
»Was ist los, Tess?«, murmelte Mika auf einmal verschlafen. Ich fuhr erschrocken zusammen. Hatte er sich etwa schlafend gestellt? Ich spürte, wie ich rot wurde. Zum Glück war es im Zimmer dämmrig, denn jetzt öffnete Mika die Augen, blinzelte verschlafen und lächelte mich an. »Guten Morgen«, sagte er.
»Morgen«, murmelte ich und lächelte unsicher zurück.
Er setzte sich auf und versuchte erfolglos, seine Haare in Ordnung zu bringen.
»Ich, also, äh, ich wollte, wir müssen doch, also zumindest ist das meine Meinung«, fing ich an. Und dann fiel mir wirklich gar nichts mehr ein.
»Schon gefrühstückt?«, fragte Mika.
Puh! Fester Boden unter meinen Füßen! »Nicht besonders viel«, sagte ich. An das missglückte Frühstück mit meinen Eltern dachte ich nur ungern zurück.

Er rieb sich die Augen. »Wie wär's mit einem Picknick im Park?«

Wow! So ein langer Satz! So früh am Morgen! Und auch noch so ein guter Vorschlag! Im Park konnten wir viel besser reden als hier, da konnten keine Eltern reinplatzen. Und sein Plan gab mir außerdem noch ein bisschen Zeit zum Nachdenken.

»Okay«, sagte ich und versuchte, nicht allzu erleichtert auszusehen.

Mika sprang aus dem Bett und griff nach einem Handtuch, das über seinem Schreibtischstuhl hing. »Ich geh noch kurz duschen.«

Ich nickte und beschloss, die Zeit zu nutzen, um mich rasch umzuziehen. Ein bisschen Sommerromantik wäre vielleicht ganz passend, aber empfindlich durfte mein Outfit nicht sein, wegen Grasflecken und so. Ich wühlte in meinem Schrank und entschied mich für einen kurzen dunkelblauen Rock und ein hübsches weißes Oberteil mit Spitze. Dann lief ich zum Treppenabsatz und lauschte nach unten. Meinen Eltern wollte ich jetzt nicht über den Weg laufen.

Zum Glück war unten alles ruhig, vielleicht waren die beiden im Garten. Oder bei Opa. Egal, Hauptsache weit weg. Auf Zehenspitzen schlich ich in die Küche und checkte den Inhalt unseres Kühlschranks. Trinkjoghurt. Ein paar Erdbeeren. Perfekt! Und im Brotkorb fand ich sogar noch zwei Croissants, mehr brauchten wir nicht! Jetzt noch eine Decke, und dann nichts wie los. Ich stopfte alles in einen Rucksack, und als Mika die Treppe herunterkam, war ich bereit. Er schnappte sich den Rucksack, und leise verließen wir das Haus.

Es war schon sehr warm draußen, aber dank einer leichten Brise nicht unangenehm heiß. Nebeneinander schlenderten wir die Straße entlang Richtung Park. Sollte ich jetzt etwas sagen? Keine schlechte Idee eigentlich, so im Laufen war es vielleicht leichter, aber ich wusste immer noch nicht, was das sein konnte. Wie geht das jetzt mit uns weiter? Klang irgendwie doof. Ich seufzte leise, und Mika sah mich fragend an.

»Ich überlege nur«, sagte ich und dachte kurz nach. »Ich meine, ich frage mich, ob, aber das fragst du dich bestimmt auch, und vielleicht sollten wir uns das auch gar nicht fragen, denn …« Autsch, was war das denn für ein Gestammel? Ich blamierte mich ja komplett vor ihm!

Aber Mika lächelte nur und nahm wie selbstverständlich meine Hand. Wieder fühlte sich das gar nicht fremd an, sondern einfach so, als gehörte meine Hand genau da hin.

Reden? Ach, egal. Dafür war nachher immer noch Zeit. Hand in Hand betraten wir den Park, in dem um diese Zeit wenig los war. Die Blätter der alten Bäume rauschten leise, das Gras bog sich sanft im Wind. Hier und da saßen Leute auf den Bänken und auf der Wiese, ein paar Studenten mit Büchern, ein telefonierender Mann, eine Familie mit zwei Kindern und einem kläffenden Hund.

Ich sah mich nach einem schönen Platz um, irgendwo, wo uns niemand stören konnte. In der Nähe glitzerte ein See in der Sonne. Vielleicht dort? Oder war das zu kitschig? Doch lieber mitten auf die Wiese?

»Wie wäre es da drüben?« fragte Mika, bevor ich zu einer Entscheidung kommen konnte. Er deutete in Richtung See. Ich nickte, und zielstrebig steuerte er aufs Ufer zu. Unter einer knorrigen Trauerweide, die ihre hellgrünen Blätter bis zum Wasser hängen ließ, blieb er stehen. Die dichten Zweige um uns herum wirkten wie ein Vorhang, der uns vom Rest der Welt abschirmte.

»Hier?«, fragte Mika noch einmal. Er klang jetzt auch ein bisschen unsicher, und mir fiel auf, wie er mich unauffällig musterte.

»Ist schön hier«, sagte ich und lächelte ihn an. Schwungvoll setzte er den Rucksack ab, zog die Picknickdecke heraus, breitete sie aus und ließ sich darauf nieder. Ich setzte mich neben ihn, und gemeinsam fielen wir über das mitgebrachte Essen her. Vor Nervosität hatte ich zwar eigentlich gar keinen Hunger, aber wenn man den Mund voll hat, kann man ja beim besten Willen nichts sagen, und das passte mir gerade ganz gut. Eine Weile saßen wir einfach schweigend nebeneinander, aßen und beobachteten dabei drei Enten, die sich auf dem See um ein aufgeweichtes Stückchen Brot stritten. Als wir alles bis auf den letzten Krümel aufgegessen hatten, ließ Mika sich mit einem zufriedenen Seufzen nach hinten auf die Picknickdecke fallen und schloss die Augen. Prompt wurde ich unruhig. Jetzt musste es wohl sein.

»Du, Mika?«

»Hm.«

»Äh. Also ich wollte dich mal was fragen«, begann ich tapfer und schluckte.

»Was denn, Tess?«

Er richtete sich auf und sah mich aufmerksam an. Ich machte den Mund auf und wollte einfach irgendwas sagen. Aber es war, als hätte jemand mein Gehirn mit einem großen Schwamm leer gewischt. Mika sah mich immer noch an. Jetzt wurde ich schon wieder rot. Ich wandte den Blick ab. »Mika, ich will dich nicht googeln, wenn ich was über dich wissen will«, sagte ich leise. »Manchmal muss man einfach reden. Man muss doch, also, ich meine, wie soll ich denn, ich weiß doch auch nicht, was ich jetzt, und dann, das musst du doch verstehen. Oder?«

»Tess?«, fragte Mika.

»Ja?«, piepste ich.

Er machte eine kurze Pause, aber dann sprach er weiter. »Tut mir leid, dass ich gestern Abend einfach so verschwunden bin.«

Ich war überrascht. Ich hatte gar nicht damit gerechnet, dass er das von alleine ansprechen würde.

»Kann ich verstehen, wäre ich auch am liebsten«, antwortete ich.

»Deine Eltern wollten eine Erklärung. Ich bin aber nicht gut im Erklären. Überhaupt bin ich nicht sehr gut im Reden.« Er klang zerknirscht.

»Im Moment bist du besser als ich«, gab ich zu.

»Muss man denn eigentlich immer über alles reden?« fragte er.

»Weiß nicht.« Das war ja genau das, worüber ich die ganze Zeit nachdachte. »Vielleicht nicht über alles, aber über manche Dinge schon? Wie soll man sie sonst klären?«

»Reden also«, seufzte er und legte sich wieder auf den Rücken. Damit er meine knallrote Gesichtsfarbe nicht noch länger bewundern konnte, ließ ich mich auch nach hinten fallen.

Huch! Was war das? Ich war auf seinem Arm gelandet. Den

musste er wohl ausgestreckt haben. Zufall? Nein, kein Zufall! Sanft zog Mika mich näher zu sich heran.
»Tess«, sagte er, drehte den Kopf zu mir und strich mir eine Haarsträhne hinters Ohr, die der Windhauch mir vor die Nase geweht hatte.
»Ja?« Sein Gesicht war ganz nah, und ich versank in seinen unterwasserblauen Augen. Atemlos wartete ich darauf, was er sagen würde. Doch er beugte sich einfach über mich. Und dann küsste er mich. Oder ich ihn? Wir uns. So wie gestern und doch wieder ganz neu.

Das Klingeln meines Handys schreckte mich irgendwann auf. »Mama« stand auf dem Bildschirm. Oh, Mist, sie hatte natürlich keine Ahnung, wo wir steckten, und machte sich garantiert Sorgen. Seufzend nahm ich den Anruf an.
»Tess? Tess? Bist du's?«, drang die aufgeregte Stimme meiner Mutter durch den Hörer.
»Wer denn sonst?«, fragte ich seufzend.
»Wo bist du? Wir haben das ganze Haus nach dir abgesucht. Mika ist auch verschwunden, ist er etwa bei dir?«
»Ja«, sagte ich. Mehr nicht. Warum auch?
»Wir haben uns schon Sorgen gemacht! Gut, dass ich dich erreicht habe!«, schnatterte Mama weiter, klang dabei aber nicht so, als würde sie sich jetzt, da sie wusste, dass ich noch lebte, weniger Sorgen machen. »Wo seid ihr denn? Und was macht ihr?« Jetzt klang sie vorwurfsvoll.
»Im Park«, sagte ich. »Wir müssen was besprechen, aber wir kommen gleich nach Hause.« Und damit legte ich auf. Aller-

dings machte ich keine Anstalten, aufzustehen und unsere Sachen zusammenzupacken.

»Besprechen?«, fragte Mika und zog eine Braue hoch.

»Ja«, sagte ich mit betont unschuldigem Gesicht. »Wo waren wir eben noch mal?«

»Ich glaube, an dieser Stelle unseres Gesprächs.« Wieder küsste er mich, und mir blieb die Luft weg vor Glück. Aber nach einer Weile schob ich ihn ein bisschen auf Distanz. »Okay«, sagte ich, immer noch atemlos. »Reden wird definitiv überschätzt. Aber zwei Dinge muss ich dich doch fragen.«

»Dann frag«, murmelte er mit seiner tiefen Stimme, zog mich aber wieder an sich und küsste mich noch einmal.

»Gehst du zurück nach Finnland?«, fragte ich undeutlich, denn es war gar nicht so einfach, beim Küssen zu sprechen.

Er wich ein bisschen zurück. »Nein«, sagte er und klang dabei fast empört.

»Ähm, okay. Willst du dann vielleicht mit mir nach Spanien fliegen?«, fragte ich und sah in seine vergissmeinnichtblauen Augen.

»Ja«, sagte Mika. Und dann küsste er mich wieder. Erst auf die Nase, dann auf den Mund. Aber jetzt war ja auch wirklich alles gesagt.

Meinen Eltern erzählte ich nur, dass ich mit der Spanienreise einverstanden sei. Mehr nicht. Das war auch gar nicht nötig, denn sie dachten natürlich wieder mal, dass sie sowieso alles wüssten. Sie buchten sofort und gingen fest davon aus, dass Mika zurück nach Finnland reisen würde. Sie waren so mit sich und ihren Londonplänen beschäftigt, dass sie nicht mal misstrauisch wurden, als sie uns beide am selben Tag zur selben Zeit zum Flughafen fahren sollten. Wie Mika es geschafft hat, seine Eltern von Spanien zu überzeugen, hat er mir nie erzählt. Er spricht ja kaum über seine Familie. Aber er hatte es damals schließlich auch geschafft, zu uns nach Deutschland zu kommen. Ich glaube, dass sie ihm sehr viel erlauben, wenn es nur dazu beiträgt, dass er weiter Klavier spielt. Gut möglich, dass er sie da ein bisschen erpresst hat. Und um Geld muss Mika seine Eltern nie bitten, er verdient ja schon selbst welches mit seiner Musik.

Als meine Eltern am Flughafen merkten, dass Mika und ich in denselben Flieger steigen würden, waren wir schon durch die Kontrollen durch, und sie konnten nichts mehr tun. Ich sah an ihren fassungslosen Gesichtern, dass sie mit dieser naheliegenden Möglichkeit überhaupt nicht gerechnet hatten. Warum eigentlich nicht? Sie setzten doch ihren Willen auch dauernd heimlich durch.

Als ich ihre verwirrten Blicke sah, taten sie mir doch ein bisschen leid. Aber ich wusste, es musste sein. Sie mussten jetzt etwas lernen, und das würden sie auch, da war ich sicher. Zu Hause wartete nämlich ein Brief auf die beiden, der alles erklärte.

Liebe Eltern!

Ich will euch was sagen: Ich habe euch sehr lieb. Ich finde auch, dass ihr gute Eltern seid. Aber ich bin jetzt bald fünfzehn und wirklich kein Kind mehr. Ich bin auch keine Schachfigur, die ihr auf euerm Spielfeld hin- und herschieben könnt, wo ihr sie gerade braucht. Ich bin nicht im einen Moment ein wunderliches Einzelkind, das eine Großfamilie braucht, und im nächsten eine angehende Abiturientin, die ihre Englischnote verbessern sollte, und ihm übernächsten dann – ja was? Keine Ahnung. Und ihr könnt mich echt auch nicht mehr einfach auf mein Zimmer schicken, wenn euch meine eigene Meinung nicht passt. Ich will nicht mehr von euch »erzogen« werden, was irgendwie so klingt, als müsse man einen unförmigen Lappen nach der Wäsche in Form ziehen. Ich will für voll genommen werden und mitbestimmen können, wer ich bin und wo und wie ich lebe. Klar, alles kann ich noch nicht selbst bestimmen, das weiß ich schon. Aber in etwas mehr als drei Jahren muss ich es, also lasst uns doch mal schrittweise damit anfangen.

Und das tue ich jetzt. Ich habe zwei Dinge beschlossen, bitte berücksichtigt sie bei euren Entscheidungen:

Erstens: Zu eurer Idee mit London sage ich nein. Wir bleiben hier. Die Probleme hier im Haus können wir einfacher regeln: Die Vasen kommen hoch, auf unseren Balkon. Das Treppenhaus wird gestrichen. Ihr nehmt dafür das Geld, das ihr jetzt bei der Londonreise spart, und Tante Gwenny und Onkel

Marius sollen einfach das nehmen, das sie nun nicht mehr für eine Schaukel und einen Sandkasten ausgeben müssen. Oder ihr streicht das Treppenhaus zu viert selbst. Die Hasen behalten wir, und den ganzen Streit vergessen wir einfach.

Und ab jetzt benehmen wir uns auf den Gemeinschaftsflächen im Haus alle so, als wären wir NICHT miteinander verwandt. Wir nehmen also Rücksicht aufeinander und stimmen alle Aktionen ab. So leicht ist das. Wenn ihr damit nicht einverstanden seid, könnt ihr natürlich auch nach London gehen, das ist schließlich euer Leben, aber ich bleibe hier.

Zweitens: Mika kommt mit nach Spanien, das habt ihr bestimmt inzwischen gemerkt. Keine Sorge, ihr wisst ja, ich würde nichts tun, das mir oder ihm oder euch schaden könnte. Bitte vertraut mir.

Liebe Eltern, ich freue mich auf eine tolle Zeit mit euch in unserem Familienwohnprojekt ab Herbst. Bis dahin wünsche ich euch schöne Ferien!

Hasta la vista!
Tess

17

Und so saß ich an einem sonnigen Tag Anfang September im Bikini am Strand von Playa de Aro und blickte aufs Meer.
Ja, echt. Ich saß im spanischen Sand und lehnte mich an Mika. Er hatte seine Arme um mich gelegt und hielt mich fest. Das Meer war blau wie seine Augen. Mein Bikini übrigens bestand aus rosa-gelb-geringelten Dreiecken. Ich hatte ihn selbst gehäkelt, aus Topflappengarn, und er sah richtig gut aus.
Ein paar Meter weiter brannte ein Lagerfeuer, dort saßen die anderen aus unserer Gruppe. Einer spielte Gitarre, ein paar sangen dazu. Einige Jungs spielten Volleyball.
»Weißt du jetzt eigentlich, wer du bist?«, fragte Mika und küsste mich seitlich auf den Nacken.
Solange er das tat, wusste ich nicht mal mehr, wie ich hieß. Aber irgendwann machte er eine Pause, und da fiel es mir wieder ein.
»Ich glaube, ich war immer schon, wie ich wirklich bin. Ich wusste es nur nicht.«
»Wie bist du denn?«
»Manchmal nett. Manchmal nicht. Manchmal Verpackungsmaterial. Kleine gelbe Chips, die verhindern, dass etwas kaputtgeht. Manchmal bin ich albern und doof und mache pein-

liche Sachen. Und manchmal bin ich wie ein Holzhammer und wähle den direkten Weg.«
»Und manchmal bist du süß. Zum Aufessen süß.« Er knabberte an meinem Ohr.
»Hey, lass das.«
Mika machte ein zerknirschtes Gesicht. »Also ist nichts anders jetzt?«, nahm er unser Gespräch wieder auf.
»Doch. Ich schreibe keine Briefe mehr. Briefe nützen nichts.«
»Oh. Willst du nicht mehr die Welt verbessern?«
»Nein. Nicht mehr die ganze. Manches ist ja ganz okay.«
Er nahm eine meiner Haarsträhnen in seine Hand und ließ sie nachdenklich durch seine Finger gleiten. »Ja, im Moment würde ich auch nichts ändern wollen.«
Ich nickte. »Und über manches muss man sich wirklich nicht aufregen, da ist ein bisschen Wu Wei ganz hilfreich. Handyverbote an Schulen zum Beispiel. Oder zu frühes Aufstehen. Dann schläft man eben in den ersten Schulstunden im Unterricht weiter, und dann ist das Handy eben mal weg. So what.«
»Du willst also gelassener werden und die Welt nehmen, wie sie ist?«
Ich richtete mich auf und sah ihn empört an. »Nein! Niemals! Du kennst mich doch. Aber ich will lieber was Praktisches tun, um sie zu ändern. Vielleicht werde ich Schülersprecherin. Mal sehen.«
»Hmmm. Klingt gut.«
»Und du? Wirst du wieder Klavier spielen?«
Er nickte.
»In Finnland?«

Er schüttelte den Kopf.
»Dann bleibst du also bei uns?«
»Nein.«
Ich kniff ihn ganz fest in den Arm. »Ich hasse es, wenn ich dir alles aus der Nase ziehen muss.«
»Wir beide, im selben Haus, in derselben Schule, das wäre nicht gut.«
Ich nickte. Das hatte ich auch schon gedacht. Mika als Kind meiner Eltern? Nein, besser war: Mika und ich in einer eigenen Welt. So wie jetzt.
»Ich gehe auf ein Internat. Ein deutsches. Es ist ungefähr drei Stunden von Frankfurt entfernt.«
»Oh! So weit!«
»Immer noch besser als Finnland, oder?«
Da hatte er recht. »Und was ist das für ein Internat?«
»Ein Musikinternat, für, wie heißt es?« Er zog sein Handy aus der Tasche und blickte aufs Display. »Musikalisch Hochbegabte.«
»Wow. Nehmen die dich denn?«
»Ähm, Tess, du hast mich doch gegoogelt.«
»Ach so, stimmt ja«, gab ich zu. »Du bist ja sowas wie ein Wunderkind.«
»Kind? Nein«, raunte er mir mit Bassstimme ins Ohr. »Wunder schon. Sie werde mich garantiert nehmen.«
»Eingebildet bist du aber gar nicht, oder?«
Er lächelte sein schiefes Lächeln.
»Sieh mal, ich habe einen Brief bekommen«, sagte ich und zog einen Umschlag aus der Tasche meiner Shorts. »Von der

ganzen Familie.« Ich nahm das Blatt aus dem Umschlag und faltete es auf. Ganz oben hatte Leo etwas hingeschrieben. Das war besonders bemerkenswert, weil er noch gar nicht schreiben konnte. Jemand musste ihm die Buchstaben vorgeschrieben haben, damit er sie abzeichnen konnte. »Liebe Tess, komm bald wieder, wir vermissen dich.«, stand da in Kinderkrakelschrift. Und darunter hatten alle Hausbewohner kreuz und quer hingeschrieben, was sie mit mir unternehmen wollten, wenn ich wieder da war. Basti wollte mit mir singen. Opa wollte mir zeigen, wie man Möbel abschleift. Meine Eltern planten einen gemeinsamen Restaurantbesuch, um mit mir über meine weiteren Pläne zu reden. Wow, sie waren lernfähig! Oder wollten sie nur über ihre weiteren Pläne reden, statt über meine?

»Ach, sei nicht so pessimistisch«, meinte Mika. »Ich glaub, sie haben was kapiert.«

Wir lasen weiter: Lucy und Lotte wollten mit mir »Hanni und Nanni« gucken und dabei Chili Chips essen, Lilith einen Hasentunnel bauen, und Leo wollte mich jetzt schon mal zu seinem Geburtstag einladen, der allerdings erst im November war. Was Tante Gwenny geschrieben hatte, ließ mich vor Rührung ein bisschen rumschnüffeln. »Ich will mich bei dir entschuldigen, ich war ungerecht«, stand da.

Über den Satz von Onkel Marius mussten wir lachen. »Ich will dir meine Kinder schenken«, stand da. »Alle vier.« Okay, dachte ich, ich nehme sie.

»Ich glaube, das wird eine gute Zeit in eurem Haus«, sagte Mika, der über meine Schulter den Brief studierte.

»Ja«, sagte ich. »Laut, aber lustig.«

Eine Weile sagte keiner was, dann hielt ich es nicht mehr aus.
»Und wir?«, fragte ich. »Werden wir uns manchmal sehen?«
»Sicher«, sagte er und kitzelte mich durch. »Am Wochenende besuchen wir uns. Und in den Herbstferien treffen wir uns wieder hier.«
»Na, dann muss ich aber Zeitungen austragen oder irgendeinen anderen Job annehmen, um Geld zu verdienen. So viel Geld wie du mit deinen Konzerten habe ich nicht.«
»Tu das. Dann hast du schon keine Zeit für andere Jungs. Niklas oder so.«
Den hatte ich ja ganz vergessen. »Au weia. Damals im Freibad, wenn du dich da mit Niklas geprügelt hättest – du hättest dir die Hand brechen können. Das wär's dann mit der Karriere gewesen.«
»Ich hätte ihm die Nase brechen können«, sagte Mika selbstbewusst. »Mehr wäre nicht passiert.«
Boah, war der heute eingebildet! Höchste Zeit, dass er mal eine Abkühlung bekam!

Ich schlug Mika vor, noch ein bisschen am Wasser entlangzugehen. Wir liefen in den letzten Sonnenstrahlen durch die flachen Wellen am Strand und entfernten uns immer weiter von den anderen. Irgendwann, als wir ihre Stimmen kaum noch hören konnten, blieben wir stehen.
Ich schloss die Augen und wünschte mir, diesen Moment nie zu vergessen: das Knistern des Feuers, das Lachen der anderen von fern, das kühle Wasser an meinen Füßen, das Rauschen des Meeres, Mika neben mir, seine Hand in meiner.

Irgendwann spürte ich, dass Mika mich von der Seite ansah. Ich öffnete die Augen. »Wer zuerst im Wasser ist!« Im Laufen ließ ich seine Hand los.
Als ich mich lachend umdrehte, war da allerdings kein Mika mehr. Nicht hinter mir, nicht neben mir, nicht vor mir. Da war nur funkelndes Wasser um mich herum. Es schillerte, als wäre ich umgeben von Millionen silberner Fischchen.
Bevor ich mir aber Sorgen um Mika machen konnte, spürte ich, wie sich das Wasser hinter mir bewegte. Da war er, tauchte näher und zog mir die Beine weg. Doch bevor ich ins Wasser fallen konnte, war er da, fing mich auf und hielt mich in seinen Armen. Lächelnd neigte er seinen Kopf, und als wir uns küssten, war ich einfach nur Tess.
Tess mit Glitzer.

Danke

Ich danke meiner wundervollen, bunten, lauten, chaotischen, liebenswerten Großfamilie für Anregungen, Ideen und viele kluge Sätze, die mit in dieses Buch eingeflossen sind (besonders euch, Nani und Mim!). An dieser Stelle möchte ich aber ausdrücklich darauf hinweisen, dass alle Kinder um mich herum hervorragend erzogen sind und ich mir bei ihnen nichts abgucken konnte, da war also meine Fantasie gefragt.

Sämtliche Personen in dieser Geschichte sind erfunden, Ähnlichkeiten sind reiner Zufall.

Erfunden habe ich auch einige (nicht alle) Straßennamen und einige (nicht alle) Institutionen in und um Frankfurt. Sämtliche Briefe wurden nie geschrieben.

Mein ganz besonderer Dank gilt Anja und Linde.

Mara Andeck hat bei Boje bereits die beliebte Trilogie rund um Lilia und das Sachbuch *Liebe in echt* veröffentlicht. Als gelernte Wissenschaftsjournalistin geht sie den Dingen gerne auf den Grund, das gilt insbesondere für das Phänomen Liebe. Doch auch das Thema Großfamilie ist ihr nicht fremd, immerhin lebt sie in engem Kontakt zu vielen Verwandten – und die Treffen in großer Runde sind jedes Mal bemerkenswert. Die Autorin wohnt mit ihrer Familie in einem kleinen Dorf bei Stuttgart.

Lilias Tagebücher – so romantisch und zum Lautlachen komisch!

Wen küss ich und wenn ja, wie viele?
9783414823502

Wer liebt mich und wenn nicht, warum?
9783414823649

Wenn Liebe die Antwort ist, wie lautet die Frage?
9783414823786

»Wie? Ich bin zu jung für einen Freund? Hallo??? Ich bin sechzehn! Shakespeares Julia war dreizehn, als sie sich in Romeo verliebte und ihn einen Tag später heiratete. Dreizehn!!!«

In drei Tagebüchern erzählt Lilia vom Küssen, von Schmetterlingen im Bauch und davon, welche Rolle Bioreferate bei der Suche nach dem Liebesglück spielen können. Zum Lachen. Und zum Träumen schön.

Für alle ab 13 Jahren.

Boje